人·生·漫·品

生命中的一小时

仲利民 著

中国社会出版社
国家一级出版社★全国百佳图书出版单位

图书在版编目（CIP）数据

生命中的一小时 / 仲利民著. —北京：中国社会出版社，2011.12
（人生漫品）

ISBN 978-7-5087-3754-6

I.①生…　II.①仲…　III.①散文集－中国－当代②短篇小说－小说集－中国－当代　IV. ①I267②I247.7

中国版本图书馆CIP数据核字（2011）第238867号

书　　名：生命中的一小时
著　　者：仲利民
责任编辑：侯　钰

出版发行：中国社会出版社　　**邮政编码**：100032
通联方法：北京市西城区二龙路甲33号
编辑部电话：（010）66080360
邮购部：（010）66060275
销售部：（010）66080360　　传　真：（010）66051713
（010）66051698　　传　真：（010）66080880
网　　址：www.shcbs.com.cn
经　　销：各地新华书店

印刷装订：中国电影出版社印刷厂
开　　本：145mm × 210mm　1/32
印　　张：8.125
字　　数：168千字
版　　次：2012年2月第1版
印　　次：2012年2月第1次印刷
定　　价：26.00元

CONTENTS | 目录

第一辑　行走的风景

第二章 爱要有些傻

第三辑 杯水人生

第四辑　开一扇窗

第五辑 生命中的一小时

JINGPINZHENCANG

第一辑

JINGPINZHENCANG

行走的风景

人生是一个行走的过程，在这趟单程的旅途中，可以看到许多风景，不论是急速地行走，还是缓缓地踱步，只要用心去观察，都可以得到与众不同的体验。等到风景都看透，也就度过了一生。酸甜苦辣，都是一种人生的滋味。

不走捷径

记得在乡下读中学时，我被抽到县城参加考试，和我一同被抽到县城参加考试的优秀学生有好几个。我们乡下距县城有近10里路，不通客车，步行需要 1 个小时左右，在得知我要去县城参加考试后，前一天晚上我就做了准备，第二天清晨提前一个多小时起床，而后赶去县城参加考试。

而与我一同被抽到的学生中，有一位同学家里有农用车，他们几个人决定乘坐车子去县城。所以他们没有提前时间，美美地睡足了觉起床，可是等他们几个人按约定时间赶到有车子的同学家时，才发现车子机器无法发动。没办法，他们只好一路跑着向县城奔来，可即使这样他们也迟到了40多分钟，无法进入考场。通过这次考试，我顺利地进入了县城学校就读，而他们几个人仍然留在乡下中学读书。

后来，由于我们在不同的环境中学习，原来成绩差不多的同学变化很大，当我顺利地进入大学继续深造时，他们中间的几位却只好进入社会打工了。前些日子，我遇到他们，谈起此事，说他们要不是贪图省力，与我一样提前时间步行去县城参加考试，也许现在可以大学毕业，找到更好的工作，可是他们却都叹着气说："不一定吧？这也许就是命呢！”

怎么会呢？他们中间有的人当时的成绩比我还好，如果不是错过了当时的机会，也一定会如愿考上大学的。只是他们在当时想省点力，多睡一会儿美觉就把好好的机会错过罢了！

走入社会后，我和以前抱着一样的信念：凡事脚踏实地，不去想依靠别人走捷径，也不去做那些没有把握的事。每一件事、每一次决定，都通过深思熟虑后，再去经过自己的论证，然后付诸实践。这样，我做的事情总是有把握，做到有始有终，对别人负责，对自己负责。我亲眼目睹许多同事或者朋友，希望走点捷径，却比别人付出更多的代价。一位干得很不错的朋友，总是埋怨自己升迁太慢，他后来通过关系贿赂上司，立即得到升迁，可是不久，收受他钱财的那位官员栽倒了，他也跟着受到牵连下了台，降了下来，并且受到处分，五年内不得升迁，悔之莫及。这也许还算不错的结局，而有的人因此身陷囹圄岂不更是悔不当初？

世间一切，依靠弄虚作假获得快速升迁与赢得暴利的大有人在，可是他们终不能长久，鲜花与掌声过后则多是痛哭流涕的忏悔之泪，早知如此，何必当初？但就是有很多人受不了诱惑，甘愿赴这趟危险之约。

也许只有经历了、明白了，方才懂得，但是这样的代价也太大了吧！侥幸与捷径永远都是错误的开端。不存此念，就不会后悔，何不让我们把它远远地摒弃，要有一个信念：不走捷径！

不做看守者

从航校毕业后，我顺理成章地分到了船上工作，而朋友大林则因为他父亲在交通局有一个不大不小的职务，把大林弄到了我们公司的图书馆，工作轻松惬意，还有许多图书、报纸、杂志可看。

我十分羡慕大林有一个好爸爸，为他谋得如此轻松的工作，大林对工作环境也比较满意。我常常在船舶靠港去图书馆里借书看，在借书的过程中和大林聊一些最近见闻，大林边和我聊天边做着借书记录。因为公司里有规定，为了图书得到更大范围的传阅，每次每人只能借阅一本，其实看书的人并不多，这可以从大林的借书记录中反映出来，我就对大林说："船外出一个航次要好长时间，一本书哪够看的啊？你就让我每次多借几本吧！"大林听了，没有否定，他拿出一个小本子，让我单独签下借书目录。我明白大林是怕遗忘，因找不到图书而失职，我理解大林的做法。我在大林拿出的小本上写到第5本书名时，大林阻止我继续写下去，"你每次最多只能借5本，这已经是对你破纪录了。"

在船外出的日子里，我利用一切空闲读书，读我所喜欢的作家作品。梁实秋、林语堂、鲁迅、苏童、方方、叶兆言、赵本夫、范小青、王安忆、祝勇等许多现当代作家作品,我像一只不挑嘴的虫子,什么样的食物都胃口良好。我记得当时读到一本台湾作家林清玄的小品文,爱不释手,可是借来的图书要按时归还啊!我曾经寻找过多家书店不得,后来不得不向出版此书的浙江文艺出版社联系,终于圆了我的梦。因为大量的阅读,我挑选出许多适合我口味的作家作品,然后再一一去书店寻找购来安置在身边,供我随时翻阅。

八年多时间,每一次船经过公司附近停泊,我最重要的事情就是去图书馆借书,有时因为恰巧遇到休息日不能借书,整个航行都会若有所失。正因为如饥似渴地阅读,藏书颇多的图书馆被我全部借阅读完,就连里面订阅的各种文学杂志我都没有放过。那天,大林拿出他身边专为我记录的小本子,上面完整地记录了我八年多借书的目录,让我生出一种莫名的感动,我感到脚底有一座座智慧的小山,让我目光变得更加高远。

读万卷书,行万里路。我读的书虽没有万卷,路倒因为漂泊的便利早已走过万里。知识、生活的积累让我蠢蠢欲动,俗话说:满则溢。我很自然地拿起笔来写下自己熟悉的一切,水到渠成,我写的第一篇稿件就在当地晚报副刊上发表出来,编辑来信热情地约我去编辑部聊聊。

当初,我非常羡慕大林因为有一个好爸爸而获得舒适的工作,但是多年来大林就像一位看守满园果实的人一样,他仅仅是一位看守者,而我却进进出出与那些书有了深入的沟通、交流,从中得到智慧的洗礼。因为害怕危险,只能在岸边做一名观望者,不会得到弄潮儿搏风击浪的勇气与智慧;因为害怕劳累,只想做一位看守园林者,不会收获到枝头那累累硕果;因为熟视无睹,仅仅愿意做一名简单的管理者，智慧就在身边也无法拥有。人，不要满足于仅仅做一名看守者！

潮水大时选择锚泊

我原来在船上工作，我们所在的船是那种内河里的小船，机器的马力不大，在风平浪静的内河里行船是够用的。但要是到了江海里，尤其是在夏季汛期，潮水大时，那船可就不像那些在江海里行走的船那样乘风破浪的了，即使把机器马力开到最大，烟囱冒出滚滚黑烟，那船依然原地踏步，基至还会向后退。这时，聪明的船员就会找一块锚地，选择锚泊。

下了锚，系好缆，船就停在那儿了。如果你要以滚滚潮水作参照物，会发现这静止的船像是在飞速前进，因为潮水挟泥带沙汹涌而过，就会让人产生错觉。

等潮水平了或者退潮时，再起锚开航。就会有事半功倍的效果。因为船上机器的马力小，抵抗不了汹涌的潮水，逆水行舟，白白让机器转动损耗。

人也是这样，当你处于一种潮流中，而你不能扭转局势，你不妨选择锚泊。虽然人云亦云、随波逐流会给自己带来暂时的顺意，却会留下长久的遗憾，甚至是良心的谴责。

人在一生中，总会遇到许多风浪，不可能每一次都能乘风破浪达到自己理想的彼岸，那就不妨审时度势，选择锚泊。

锚泊不是认输，不是明哲保身；锚泊是一种坚持，锚泊是一种方式，锚泊是一种独立人格撑起的风景……

当我们遇到汹涌而至的潮水，当我们遇到无法抵抗的潮流，在不能逆流而进时，我们不应随波逐流，随波逐流就是在推波助澜。潮水大时，我们不妨选择锚泊。

成功的人有点“痴”

一次聚会中，参加的人有许多商界精英，是当地有影响的名流，其中的商人何，堪称商界大哥大，他涉足房地产、餐饮、旅游、软件等多个行业，样样做得风生水起。然而，他为人却非常低调，穿着普通的休闲服装，坐在房间一隅聆听众人闲聊，偶尔会说上一句，也声调平和，与他所拥有的巨大资产形成强烈反差。

我对何的大名如雷贯耳，今日得见，却如此低调，令我颇感意外。见过许多商人，财大气粗，说话声调都要比别人高许多分贝，甭说穿着这类小事了。何有那么多钱财，任何名牌对他而言，都微不足道。虽然我听说过何发家的多种版本，却都无从证实，今天有幸会面，就想亲自听他道来。

何并不隐讳发家史，见我发问，面带微笑说：“不过是巧合罢？”纵使巧合，那稍纵即逝的机遇也要有本领的人去抓住。否则，他不会从一个普通的农家子弟，只有短短十多年时间，跻身亿万富翁行列。

何的回答，出人意料，他的成功史居然是“痴”！何早年出国留学，虽然是国家公派留学，但是那费用捉襟见肘，没办法，自己开动脑筋，从国内捣腾点服装之类的货物运到国外去卖，起初他只是想换点生活费，谁知他一踏上此路，才发现商机无限。边读书，边做贸易，他挖到第一桶金。如果他就此在贸易上长期打拼，也会有出色的成绩，然而，有一次，他回家探亲，发现家乡依然贫穷、落后的面貌，乡亲们渴望致富却无从着手，那颗赤子之心有了“痴”念，他有了想回家乡投资的念头。

与他一起做外贸的朋友笑他“痴”，贫穷的家乡有什么商机？资本都是向富裕的地方流动，很少有人肯把大笔资金投向贫困地区。这时，政府大力宣传招商引资，他那颗心就活跃了起来，他利用回家探亲的机会，考察了家乡的投资环境，发现乡亲们正在手工做一些作坊式的生产木材，他敏感地捕捉到了商机，毫不犹豫地把自己的全部资金投回家乡，办起了高密度板加工业。

家乡丰富的木材资源，低廉的劳动力成本，政府渴望商人投资给予的优惠政策，都成了他回家乡创业成功的基础。当他原来那帮朋友在越来越微薄的贸易中奔波时，他却开拓了一条丰厚的赢利模式，低成本生产，产品外销的高利润，使他的企业迅速地得以扩张。

他的“痴”，是对家乡的爱，还有对家乡人的反哺，正因为他懂得感恩，才有如今不断扩张的企业。商场如战场，每一个商人都是精明的商战高手，聪明与机智，赢得丰厚的利润，然而，大智若愚，做人“痴”一点，也会有更多更丰厚的回报。仔细想想，成功的人有点“痴”，这是另一种更高的境界，因为“痴”，才可以获得别人的信任与尊敬，也因为“痴”，才有无限的商机。

爱情画面

在我经常行走的那条路上，会常常遇到一位英俊、潇洒的男子搀着一位腿有点残疾的妻子在散步。他们边走边小声地说着话，就像初恋的情人那样情意绵绵。男子竭力地搀扶着他的妻子，女子则是依靠着男人。他们慢慢地走，慢慢地说着情话。

时间久了，我慢慢地知道了他们的故事。

他们是青梅竹马的一对，从小生长在一个大院里，一同上学，一同工作。然后恋爱，结婚，生子。

不幸的是有一天，他们一起外出办事，遇上了车祸。女人为了保护男人被车从大腿根部辗过。男人哭着把她抱进了医院。女人虽然在昏迷了七天七夜后醒来，却躺着不能动了。

医生说她能活过来就是一个奇迹，她终生再也不会站起来了。

男人不信，他说一定会让她重新站起来行走的。

男人支撑起家里的一切，男人带给女人的永远是微笑与鼓励。

男人对女人说：你一定会重新站起来行走的。

女人对男人说：我一定会重新站起来行走的。

男人每天帮女人翻身，帮她按摩。

女人就在心里想象着身体会慢慢地康复。从心里觉得自己又好了一点,好像知觉一点一点地向下发展着。

在爱的呼唤下,奇迹终于发生了。那天,女人惊奇地对男人说,她感到了腿部有点麻。

这是一个好的信号,有了知觉。男人继续用爱心为爱妻营造幸福的家园。

女人继续用毅力克服着重重困难。

女人终于可以下床站立了。

女人终于可以在丈夫的搀扶下挪步了。

女人终于可以走出医院了。

……

他们用爱创造了一个医学上的奇迹。他们用爱治疗了医学无能为力的病例。

如果你看见这样的一对夫妻,你能不对他们肃然起敬吗?

爱情不在于波澜壮阔,不在于惊世骇俗。如果你心中有爱,即使平淡,即使平凡,也一样可以演绎一份不凡的情感。

执子之手,与子偕老。是爱情最美的画面。

省略其间的过程,无论爱情经历了多少磨难、挫折,即使白发苍苍,依然能牵手同行,这份爱情就会像醇香的酒,越来越香味四溢。

从头再来

楼下的街道上新开了一家饭馆，本来这是一件小事，没有什么稀罕，这条街道的店铺开开关关，有的喜气洋洋地营业，鞭炮炸得震天响，有的收拾店铺走人，悄无声息。

这条街道不算主街道，人流量也一般，因此房租便宜，来这里开店的人大都看中了这点。可惜的是，房租便宜了，客流就不尽如人意，终究会入不敷出，最后关门走人。不过，这家新开的饭馆并未大张旗鼓，却顾客盈门，这远远地出乎人们所料，妻对我说："肯定是熟人来照顾生意的，不会长久。"想想妻说得也对，初开的店可以照应，久了还会如此吗？

那天，我们一家去这个新开的店尝鲜，觉得主人特别热情，上的菜肴也令人满意，不仅口味合适，而且新鲜、量足，价钱也不贵，妻又发表高见，这是饭店新开张的绝招，以低价招徕客人。这次我不大赞同，莫非以后饭店会随时提价？大概隔了20天左右，再去饭店就餐，依旧如故，菜肴新鲜可口，价格不贵。临走时，饭店的女主人还相送到店外，热情地询问是否有不到之处？

那天，带几位朋友前去，饭店里顾客盈门，好不容易找到空位，我们边吃边聊，我就讲到一直盘旋在心头的疑问，原来这里开饭店的门市很多,少有长久的,而这家却不同,客人蜂拥而至。朋友对我说:“你不了解这位女店主,她可非同凡响。”

“她是餐饮界名人?”我随口反问。

“不是餐饮界,是商界名人。”朋友向我解释。

原来,这位女店主曾是一家公司老板,因为金融海啸,一些物资迅速跌价,让她的公司资产迅速贬值,倘若她让公司破产,完全可以规避许多不良债务,这对她而言,是最好的选择,可是,她没有这样做,而是考虑到很多客户是非常好的朋友,还有手下的员工,一旦进入破产程序,她是尽最大可能保护了自己利益,可是别人就有太大的风险了,想不到,她没有为自己的利益着想,而是考虑了公司的员工,不让他们丢失饭碗,考虑了朋友,不让他们的资金严重缩水,居然选择转让了公司,提出的唯一条件是留下所有的员工,对现有债务进入清算偿还。

这样一来,她的资产就完全地赔了进去,才来开这个饭店。

因为她的真诚,她原来的朋友不惜绕许多路,也来照顾她的生意。我不由对这位女店主肃然起敬,公司亏损已经是沉重打击了,在打击之下还能首先考虑别人,并想到底层的员工,这样的老总是金融危机打不垮的,她活出了自己的一份信仰,那就是关爱别人,相信自己。

我想起一位朋友对我说过的故事:在海外,经常有各种各样的风险悄然而至,躲避不及的公司就会在瞬间垮掉,而那些曾经在商海叱咤风云的人物,也能平静地接受现状,丢下曾经的身份,另谋一份职业,安稳地等待时机,准备从头再来。街头开出租车的,说不定就曾是一位千万富翁,有这样一颗平静的心,加上他们的智慧,种下的善果,再次登上峰顶的机会还是有的。不失落,不绝望,这样的人永远都不会被出现的困难击垮。

聪明人没有困难

方和林两个人结伴去城里打工，方对远方未知的城市有点恐惧，不知那里能否接纳他？林则吹着口哨，像是去进行一次快乐的旅游。

方说：“林，你怎么一点也不知忧愁？我们这样举目无亲地去一个陌生的地方，该会有多少困难？”

林对方的忧愁毫不在意，坦然地说：“远方肯定比我们家乡好，否则我们千里迢迢地奔去干什么？”

是啊！正因为家乡太贫困，所以会动身去远方的城市找工作，如果即将去的城市困难重重，还满怀信心地去那里干啥？在林的感染下，方好像也有点快乐起来，对这个城市有了温暖。

到达这个城市，拥挤的人潮让他们体验了城市的繁华。从车站出来，他们饥肠辘辘，掏口袋才发现被人划了长长的口子，里面的钱分文皆无。遭遇小偷，这是一件多么令人沮丧的事情。

刚有点希望的方又悲观万分，在家千般好，出门事事难。这没钱怎么活下去？林则毫不在乎，好像丢钱与他无关似的。

方拖着沉重的双腿，向林哭诉，他饿得实在走不动了。林望了一眼方,“跟我来!”林拉着方走到车站出口不远处,清了清嗓子,唱了一首歌,林的歌声吸引了许多行人。林说:“各位朋友,我们初次外出,路上不小心把钱丢了,现在身无分文,请各位帮忙捧捧场。你们想听什么歌,就点,一首两元。”不大一会儿,他们面前就有了几十元钱。

方说:“林,幸亏你会唱歌,否则我们还真的没有办法。”

林说:“办法多的是,就看你能不能想到。不会唱歌,我们还有力气啊,可以去帮人干活;我们还有大脑啊,可以想办法。”

晚上,他们才想起身份证也没有了。旅馆对没有身份证的人员不让入住,方一筹莫展。林说:“身份证丢了,可是网上有啊!”林对旅馆的工作人员说:“我的身份证号码我记得,请你帮忙查一下。”接着他又报了自己的名字,与网上查出的一致,顺利入住。

有些困难,看似毫无办法解决,其实,只要用心想一想,总会找到解决的办法。有的人面对困难束手无策,坐以待毙;有的人发现困难的存在,积极地寻找原因,把难题一一化解。

带着快乐行走

在接连遭遇了失恋、失业以及友情的背叛等诸多情感与心理打击后，我对人生忽然失去了信心。我付出了那么多，为什么却收获了如此多的伤心与失望？谁说人生有付出必有回报？灰暗的未来像阴云一样笼罩在我的头顶，而心情更是低落到极点。还有谁比我更失败？

为了逃避熟人的眼光与他们无处不在的怜悯，我独自前往陌生的城市寻找一个安身立命的地方。然而，生活中到处是挤压与冷眼，求职比求爱更加困难。而身边仅有的钱越来越少，如果再找不到工作，我连吃饭的钱都没有了，想想即将沦落为乞丐一样的生活，心里不由得暗暗地打了一个寒战。悲哀与绝望如影子般挥之不去，未来仅有的只是沉重的叹息声吗？

好在最后一刻，我找到了一份给医院打杂的工作，而这份工作也是因为当时“非典”流行，人们对医院这个地方避而远之留给了我的。在这样的生活中，我的心情哪里还有青春的快乐？每天除了完成自己的工作，我就借酒消愁。谁知借酒消愁愁更愁！想想与我同龄的人们都已经事业有成或者渐入正轨，而我却独自流浪在外，一无所有,凄凉之情就像冬天的寒风呼啸不止。

此刻,一个年轻的护士经常和我同值一个班,她看出了我郁闷的心情,就经常开导我:生活中的不如意不要放在心中,要多想想美好的未来,给自己的心情好好地放个假。可是,我还有美好的未来吗?我现在连生活都没有保证,我用什么去追求幸福的未来?再说了,你这护士小小的年纪哪里能懂我这颗饱受沧桑的心?然而,年轻的护士并未因为我的沉默而远离我,她经常用她那好听的嗓音给我朗诵普希金的诗歌:假如生活欺骗了你,不要忧郁也不要愤慨,相信吧,快乐的日子就要到来。每次听到她明快的嗓音,我结冰的心情似乎一点点在融化。看到我有了笑意,她就像哲人似的对我说:在生活中,你笑着生活,就会得到欢乐的心情;你若惆怅着行走,就只能收获忧郁的心境。我在心里暗暗地想,话是这么说,可是现实中的困苦你能知道多少呢?你只是一个年轻的女孩子,没有遭遇过苦难折磨,你不会懂生活在苦难中的人悲困交加的那份无奈而伤心的情感。

有一天,和我一同值班的那个年轻的小护士没有来,接着以后她一直都没有来。我问了医院其他的人,才知道这个小护士已经离开了这个世界。她患有白血病,一直没有找到合适的骨髓配对,直到生命最后,她都把微笑带给每一位病员。直到现在,我都能想起她微笑着安慰我的样子。我怎么能说她不谙世事、不懂人生之苦难呢?她小小的年纪就能大度地笑对生死,我所经历的和她承受的一切相比是多么的微不足道啊?而我竟然以为我所遭遇的是世间的大苦难,而去自悲自怜。

从此,我学着忘掉苦难和不幸,把身边装满快乐。即使不能完全丢掉悲苦,我也会把它们压缩到最低最小的程度,让自己的心情与幸福和快乐接触得多一些。日子果然不断地变得明亮起来，未来也在我不断地寻找中渐渐地明朗、清晰。

带着快乐行走，你就会被快乐感染；背负不幸攀登，心中承受的就是苦难。那我们为何不让自己生活在幸福与快乐之中呢？学着给自己的行囊里装满快乐的音符，让快乐伴随着生命每一个前进的步伐。

行走的风景

在一次酒宴上，我们单位的小陈与一个腰缠万贯的建筑业老板无意间碰面，那位老板看看小陈，主动地伸出手，而小陈也在脑海里细细地搜索一遍后，认出了这位老板就是当年那个小学的同桌。

后来，小陈对我讲了许多这位老板以前的事情，说到那位老板以前的种种，口气里满是轻蔑与不屑，及至看到他现在的发达，则又满是羡慕其走了时运的口吻。小陈的父亲是我们单位原来的头儿，在小陈中学毕业后，自费去读了大学，后来其父通过关系把小陈安排进了我们单位。在当时，小陈所拥有的工作，是风光、体面的。而那位与小陈同学的老板，当年中学未读完就因贫困辍学了，后来为了生活四处奔波，而小陈却安逸地坐在办公室里享受清闲的生活，每每看到以前那些同学为生活而奔波在外打工，小陈都从心底里升出一种优越感。

而小陈那个当年的小学同学，在生活的压力下，只能四处漂泊。先是从建筑工地的小工做起，再慢慢学习建筑中的技术活儿，其间还要经历无良老板的欺诈，那点微薄工资也被不停地拖欠。他发誓要努力，然后自己去做老板，善待那些生活在底层的人。生活就是这样，躺在安逸里享受的人，也许只会躲在那个小小的温暖的壳里生存，而那些敢于面对艰辛生活发起挑战的人，即使遭遇诸多困难，却总会在冲破某个困难后一跃而起，然后在生活中逐步逆风飞扬。

生活中真正的成功者都是那些逆水行舟的人，每前进一步都会遭遇太多的冲击与挫折，但是只要顶住这些压力，努力向前走，就会到达自己想去的地方。在承受过太多的艰难困苦后，在建筑业里摸滚打爬多年后，他终于有了自己的事业、自己的一班人马。更重要的是，他不同于别的老板见利忘义，凡是承诺的事情总是做到，从不拖欠工人工资，即使在资金最短缺的时刻，他也会想方设法筹出资金发放工人的工资，所以深得工人的尊敬。在管理方面就省了好多心，只要他交代的事情，下面的工人无不尽心尽力，每位工人都会从自己能想到的方面保证工程质量，并尽最大可能地节约资源。世间任何事情的成功，都得益于人心的向背，一旦人心所向，所有的事情都会迎刃而解。这也是他能够在建筑业里长盛不衰的缘由。

而小陈记得的却是同学小时候那个贫穷的模样，虽然现在别人成功了，也只是羡慕别人时运比自己好罢了。哪个成功者的背后没有一番唯有自己才知的甘苦？更重要的是，只有在不断地行走中，人生的风景才会越来越美丽，而那些既要享受现有生活的安逸，又只会羡慕别人风光的人，永远都无法领略人生真正的风景。码头上那些静止的石头，只能永远停止在那儿欣赏流水的欢唱，而逆水之舟却可以领略到不同地方别样的风景。人生只有不断有超越自己，才会拥有渐行渐远、越来越广阔的美丽风景。

多走几步

由于我喜欢读书看报，虽然电脑早链接了宽带网，可是依然每天风雨无阻地去买没上网的报刊阅读。小区的大门外不远处就有一家书报亭，是我经常光顾的地方。有一天，为了赶写一篇编辑的约稿，熬了个通宵，起来迟了，再去报亭买报，已经卖完了，只好向远一点的报刊亭搜寻。

沿马路向西走约有100米，是一所中学，门前也有一家报刊亭。可巧在这里找到了我要的报纸，而且还发现有许多我非常喜欢的文化类报刊。也许这里临近学校，喜欢接触书报的师生多，报亭才订这些报刊卖的吧？我与喜欢文化的人天生有缘，就与报亭的主人聊了起来。原来卖报的主人也是一位文学爱好者呢。她开了这个小报亭，既解决了谋生的问题，又满足了自己的兴趣，可以边工作边学习。

临走时，我选了好几份我喜欢的报刊。她连翻看一下定价都没有，一口报出了汇总的价格，我递过钱去，才发现她一直坐在那里一动不动。此刻我才注意到她原来是一个残疾的女孩，她把各种各样的报刊都整理好了，架子上摆一份样刊，需要的人自己就可以直接从柜台里取了。她似乎看到了关注的目光，粲然一笑，而后对我说：

“欢迎你常来。”我对她说：“我会常来的。”

后来我了解到：这个女孩不仅用自己的收入供弟弟上学，还支撑起一个摇摇欲坠的家庭，因为她的父母早亡。我的心被深深地震动了。这是一个多么坚强的女孩啊！此后，我再买书报就舍近求远，每次都会多走几步到这里选书买报，而她也会根据我的要求增订一些我想要的报刊。这是别的报亭不愿做的，他们只订那些既好卖又赚钱的书报。

每次来到女孩子这里买报，都会享受到她的温情服务。其实只要我多走几步路，就能给一个坚强的残疾女孩子以默默的帮助，就能让她开心。每天多走几步路，就会让女孩子感受到人间温情，而我们的心灵如果能向弱者多走几步路，则会让那些弱小的灵魂感受到整片爱的天空。那么就不要吝啬我们的脚步，我们的心，我们的爱，向那些弱小的、需要帮助的心灵多走几步吧！

她把光明留人间

母亲病重住院期间，我一直陪伴在她身边，最后一个疗程，与母亲同住一个病房的是位中学退休教师，一个姓陈的阿姨，她为人爽快、热忱，两天时间，就与我们熟络得像朋友似的，除了聊生活、家庭，有时也会聊聊病情，我不敢讲太多，在母亲生命的最后时光，我放下手里一切事务，待在医院里陪伴她，就是让她不要胡思乱想。陈阿姨却没有这么多顾虑，仿佛得病的不是她，该说就说，该笑就笑。

那天中午，陈阿姨的儿子来看她，她郑重地向儿子提出，当她离开人世时，要捐献眼角膜，她的儿子说什么也不同意，那次谈话令双方很不愉快。等儿子走后，陈阿姨又恢复了爽朗的笑，从陈阿姨嘴里，我们知道她的儿子是一家大型企业的老总，工作非常忙，难怪很少看到他的身影。说实话，在亲人离开人世后捐献眼角膜，有些人内心不能接受，而陈阿姨的儿子是位企业老总，他考虑得可能更多，不仅在情感上难以接受，还会担心社会上有些人的非议，这是可以理解的。别看陈阿姨面对儿子时会言语争执，等他走后，却禁不住对儿子赞不绝口。

陈阿姨告诉我们：她的儿子从小就要强，读书时成绩一直优秀，大学毕业后，本来是在政府机关里工作的，有个人人羡慕的职业，后来，他更喜欢自己的专业，就决定辞职，她曾经多次劝他，可惜他决定了的事，很难改变，想不到他现在做得这么好！陈阿姨边说边笑，我明白，这笑容是发自内心的。也许正因为怕儿子拒绝她捐献眼角膜的要求，才和儿子发生那次争执，其实她是把儿子看成是她的骄傲呢！

陈阿姨说话特别风趣，对生死看得很洒脱，她说：人离去了，能让身体上有用的器官“活着”，是一件非常有意义的事，她指的“活着”，大概就是指捐献出来的眼角膜吧？

一个阳光灿烂的上午，陈阿姨等来了她的儿子，很郑重地告诉他，她请来了公证员，把她捐献眼角膜的事进行了公证。她的儿子没有以往的强硬口气，叹息着说：“妈，既然您这么执著，那就捐吧！”这样的场面，出乎我的意料，原以为他们母子间会发生激烈的争吵，却在一声叹息里相互理解了。儿子是知道母亲的性格的，见她如此执意地要求，还是满足母亲的心愿占了上风。

没有多久，陈阿姨就离开了病房，永远地走了。接受眼角膜移植的那个小女孩来这病房看过，本来，医生是不同意病人的这个要求的，可是患了多年眼疾的小女孩，在移植陈阿姨的眼角膜后，终于可以看清这个多姿多彩的世界，她最大的愿望就是来陈阿姨待过的病房看看。小女孩非常可爱，那双眼睛尤其有神，恍惚间，我会觉得陈阿姨微笑着在她的眼睛里闪现。陈阿姨走了，她却把光明留在人间，不仅给一个素不相识的小女孩带来光明、带来幸福，也把爱洒向人间，就向阳光照在大地。有爱的人不死，他们永远活着，在别人的心灵里照出一片光明。

铭记失败

应一位编辑之约，去采访一家有名的企业老总。之前就得到编辑发来的资料，说这位老总毕业于上海复旦大学，先在某市政府做秘书长，后来毅然辞职下海，白手起家，创建了现在这家有名的企业。如此题材，要采访的人物又是一位著名学府的高才生，写一篇5000字的人物通讯，应该不是难事，其中的许多成功之处当然会有值得炫耀的。

当我满怀希望走进那间很普通的办公室时，唯一让我能相信没有走错门的是我面前这位年轻老总那双充满智慧的眼睛，洋溢着无限的活力。我把来意向他说明后，希望听到他对自己奋斗成功的介绍。然而他给我讲的却是他一个又一个失败之处。从学校毕业后，服从父母的安排，第一次择业的错误，下海后对自己事业定位的失误，在人才运用上的失误……

采访了近两个小时，讲的都是他对失败与错误的总结，直到最后也没有听到他对自己成功的事业丝毫地叙述。当我要求他讲自己对成功一面的看法时，回答我的竟是：我人生的记录簿上只有对失败的记载，没有成功留下的痕迹。

看到我一脸的不解，他接着对我说：成功的事业，已经把成功的要素充分地运用了，只要继续按要求操作即可，而唯有失败最具有挑战性，只有不断地对过去失败的方面进行总结、分析，才能让自己一步步地走向成功。所以，我只记录我奋斗中的失败，从不把成功放在心上。

这真是令人耳目一新的理念。许许多多的人只是喜欢把成功带来的荣耀经常在别人面前炫耀，甚至想方设法隐瞒自己曾有的错误或者失败。而这位老总却从不记着成功的喜悦，总是把一次又一次的成功抛之脑后，心里记下的只有屡次的失败，分析、总结失败带来的经验教训。

炫耀成功的人，只能生活在成功带来的光环下。而记录失败的人，才会在失败中找到经验与动力，永不满足地向成功攀登。记录失败的人，才会成为真正的成功者！

跳格子

记得小时候上学，要经过一个大花园，花园的四周是用彩砖铺就的。

那些彩砖铺成各种各样的图案，其中某种颜色的砖有规律地排列起来。记得我和弟弟上小学时，经常在这些彩砖上做一种游戏：就是沿着某一种颜色的彩砖跳，一定要每次都能踩在同一种颜色的砖上，不然就算掉进了“河”里，算输。

记得当时我和小弟做游戏选择的是红砖，规律是分别间隔一、二、五块。我每次跳一和二时尚能勉强过去，跳到五时，总是要掉进“河”里，我无法平衡一、二过后的五那么大的间隔，但小弟不同，他每次都能熟练地跳过去，任凭他教过我多少诀窍都不能让我如愿。或许是我太惧怕“五”有那么大的距离，心中产生了一种心理恐惧。

后来，我考上了中专，毕业分配进了企业。小弟对我说：“哥，你要再学习，不然你那点知识没用。”

当时，我们所在的航运企业，效益颇好，我笑小弟杞人忧天。

后来，小弟考上名牌大学，学的是热门专业——企业管理。毕业后，父母花了许多精力，托人找关系，把他的档案调进了市政府。可小弟偏不听父母的忠告。放弃条件那么好的政府机关不进，偏偏去了一家外企，从基层干起。

父母气得不理他，我也感到不解。放着人人羡慕的工作不要，偏去做“小工”。小弟却有自己的理论：政府机关那么多的条条框框，用人机制那么呆板，不如外企升职快。

果然不出小弟所料：我们单位说完就完了。而我的中专文凭除了本单位外，没哪家单位想用。可小弟却一路顺风，进企业只半年时间就升为店经理。一年后已成为地区负责人了。

一年后，我还没找到工作，就在家做自由撰稿人了，年收入只不过万余元。而小弟现在已成为该店驻中国华东地区总代理，月薪1.2万元，年终还有丰厚的红包。

就像小时候的游戏跳格子一样，我始终迈不过那道心理关，而小弟却一步一个准。

其实，人生有时和游戏是一个道理：你能看准了目标并能勇敢地跨过去，你就是成功者；你心中无底，老是犹豫不决，你就不会如愿以偿。

生路

那时候，我还是一名船员，为了运货去洪泽，我们的船泊在洪泽湖畔待闸。

洪泽湖是我国有名的四大淡水湖之一，这里鱼虾肥美、风景怡人。湖面无边无际，渔人在湖中穿梭往来。最吸引我的却是一名捕鱼的老翁，他用极其落后的捕鱼工具，渔网。迎着圆圆的落日，老翁抓网抡起抛撒，别有一番风景。

我远远地招呼他前来，想向他买一些鱼。老翁听到我的召唤，顾不上捡刚拎起的网里的鱼，就划起小渔船箭一般地驶过来。

称好鱼之后，老翁开始捡他网里的收获。他细细地翻挪着网，轻轻地转来转去，像是怕伤着了鱼似的，偶尔拣到鱼的幼苗，就会小心翼翼地放回湖中。我不解地问：“你为什么要把它们放走，那是你辛苦劳动的所得啊！况且这小鱼煎了吃别有一番风味。你们这里不是有着名气颇大的洪泽小鱼锅贴吗？很多人都喜欢吃的。”

老人听了我的话，并没有直接回答我的问题，而是对我讲起了他儿子的故事。

他们家不在这里，而是离这里不远的一个湖畔，那里以前也是虾肥蟹美，只要劳作半天就可以满载而归了。可是他的儿子和那帮年轻人为了最快最大效益地捕更多的鱼，赚更多的钱，他们开始用簖，只要经过那里的鱼，没有躲得过的，可是这是被动地等啊！不过瘾，他们做了一张大的拖网，挂在机船后面，一天可以赶上以前半个月的收获，再后来，他们在鱼产卵的禁渔期也疯狂捕捞，那可是数目惊人啊！有多少鱼能够这样捕的呀？鱼是越捕越少。他们又想出了电鱼，把那些正产卵的、刚出娘胎的幼苗，统统都不放过，最后，实在没有什么收获时，他们干脆用药，把好好的渔乡硬是给搞没了。他们这哪是在捕鱼呀？他们是在"捕渔"啊！

他们把鱼捕绝了，也把捕渔人的生路掐断了。那里现在已没有鱼可捕了。

"我们不能再做这样的蠢事了。那些喜欢吃小鱼锅贴的人、开饭店的人实在是不知我们这些渔人的心理啊！"老人有些无奈地说。

老人边和我说话边把网里的小鱼轻轻地放回湖中，他对我说："鱼活靠鳞，不小心把鳞碰了，放回去也不易成活、生长。

老人才是真正的渔人啊！他懂得给鱼生路就是给捕渔人自己一条生路。

这让我想起亚马孙热带雨林中有一种叫蚁熊的动物，专吃各种蚁。它长有长长的尖尖的嘴，能伸进大大小小的缝隙寻找蚂蚁；它长有飞快伸缩的黏性极强的舌头，每分钟伸缩几百次，蚂蚁一旦被粘便无处可逃，须臾间葬身熊腹。

可怕的是这种蚁熊每天要吃近2万只蚁才能裹腹。不可思议的是它找到一处蚁穴并不是彻底摧毁，而是吃下五六百只后再重新找别的蚁穴。它懂得为蚁群留下活路。

相比较那些所谓聪明的现代年轻渔人，蚁熊可谓更胜一筹。

看海

我们的船泊在江苏南通港后，我约上几个要好的同事，打算一起去看海。

我们准备好了相机，想在久已向往的海边美美地留个影。虽说我们是船员，成天和水打交道，但我们是内河船员，从未见过真正的大海模样。今天有了这个机会，几个人很兴奋地结伴前行。“诗人”阿林像是朗诵似的吟道：在蔚蓝的一望无际的海边，澄碧的天空飘着几朵白云，海天一色。潮水一波接着一波涌向岸边，涛声阵阵，细碎的波浪轻吻沙滩，飞翔的海鸥翩翩起舞，真乃人间仙境。

可等我们几个到了海边，却不由得感到了深深的失望。正逢大潮汛，海水退得没了影踪。零乱的石坡边留下捕鱼人深浅不一的足迹。向前望去，满是捉海螺的渔人。先前在脑海中描绘的美景杳无踪迹。

“诗人”阿林更是失望嚷嚷着要回去。我对他们说，既然来了，就看看吧，没有蔚蓝的海水，也可看看大海曾经的气魄啊！其他几位友人也附和着我。

我们小心翼翼地向海里走去。在向下走的过程，我们旁若无人地大声喧哗。把一位正在捕海螺的老人惹得不高兴了。他用方言向我们抗议，要我们小声些。我听了他的解释才知道，海螺在潮水退后就钻进沙子里去了，老人正吹着口哨，用一种仿似海潮声来引诱它们出来。而让我们这群人一嚷嚷，就前功尽弃了。

“诗人”阿林听了老人的话，满不在乎地嚷道：风景没看到，还连话也不让说了吗？我劝他不要跟人家吵了，捕海螺的老人也不容易。阿林竟然野蛮地说：“他不容易与我何干？我是来玩的，就要玩得高兴。”老人好像也听懂了阿林的话，就不再和他争吵。又默默地做着自己的事。见老人不和他吵了，阿林也感到没趣。我们就边说边向大海深处走去。

忽然间，阿林竟发现了前方的一处景致。那是一个类似珊瑚状的石景，由于被海水长期地冲洗，圆滑而又别有风味，旁边缀着无数贝类。我们各自选取角度，美美地在此处留影。正在我们忙得不亦乐乎时，一种奇怪的声音由远而近，就像刚才捕海螺的老人嘴边吹出的声音。有经验的同事说，“快！潮水来了。”听了这话，我们就迅速向岸上的方向奔，还未跑出多远，已经看到白花花的海水的浪头了。再看看刚才还是忙忙碌碌的海岸线上，早已不见了人影。

一种莫名的恐惧袭上我们的心头。这时，我们才看到刚才和阿林吵架的老人正在向我们招手。我们顾不上说话，跟在他的身后跑。老人要我们斜着跑，既不能让海水赶着一直向前跑，也不能直向岸上的方向奔。老人边跑边把手里的东西扔了。

我回头看一下我们刚才留影那地方，已被海水淹没了。离岸越来越近了，而我们也跑得越来越慢了。海水已漫过我们的小腿。老人把最后抓在手里的衣服也扔了。再看阿林，相机早已被他扔掉了。

潮水已没过小腹，我们实在奔不动了。原来的奔跑变成了游泳。终于到了岸边时，我们已累得一动也不能动了。老人躺在岸上对我们说："就差一点，我们几人的命就没了。"老人在等到潮汛要来时，发现我们还在大海的深处，就不顾一切地向我们喊，而我们几人正玩得高兴，直到潮声响起才被惊醒。

如果不是有经验的老人领着我们跑，恐怕我们就会被美丽的大海吞没了。潮水的速度来得快，如果一直向岸上的方向奔，不到岸边潮水的浪头就会将我们淹没了。而如果沿着潮水的方向跑，永远也不能逃离潮水的追逐。

看着一无所获的老人，阿林不好意思地说要给老人些钱。可此时才想起狼狈的我们身边什么都没有了。老人见我们尴尬的样子，哈哈一笑："如果我是为了钱，还会去舍命救你们？"

是啊！面对如此宽广的胸怀，我们还能说些什么？此时的阿林和我们已是泪流满面。大海是宽广的，比大海更宽广的是老人的那颗爱心。老人早把对我们的不快忘了，他一心想着的是让我们逃离海水的吞噬。今天，我们看到的才是真正的宽广、无私的大海。

那片蔚蓝

看过一幅画，一个赤足的少女悠闲地在海滩漫步，蔚蓝色的海水翻卷着涌上来亲吻她光洁的脚面，脚下是细细堆起的沙，海水湛蓝，天空湛蓝，连那幅画也有大半是湛蓝色的。从此，我以为所有的海都是这样的美了。

在我整个对大海的记忆里，大海的蔚蓝如同遥远的梦一样对我充满了无比的诱惑，我梦想着有朝一日去看大海时，赤足走在这样的沙滩上，欣赏那片湛蓝的大海，还有海天相连蔚蓝的天空。可是，等我有机会去海边时，看到的大海却不是记忆里一直记忆的模样。离海还有近一公里路时，就嗅到海风裹挟着腥味扑面而来，粗糙的风破坏了我对大海的向往。等我来到向往已久的海边时，却看到另一番模样，浑浊的海水肆虐地拍打着海岸，岸边一堆堆乱石犹如溃败的军队，惨不忍睹。

后来，友人告诉我，要看湛蓝的海水，走在细软的海滩上，要去旅游景点，那里的大海才美。果真如此吗？为了寻找心中留存已久的梦，我又去了三亚。一下飞机，顾不上旅途劳顿，直奔海边，看到的是拥挤的人群，满地乱抛的垃圾，海水虽蓝，仍然没有心中想象的美丽，失望之情再一次涌上来。

后来，我还去看过青岛的海、大连的海、连云港的海、南通的海、北戴河的海，总是失望大于希望。心中那个关于蔚蓝色大海的梦就像胶卷上的影像，只能留存在记忆里了。

朋友说：你的失望来自于你对记忆的不断美化，所以现实中的大海总是敌不过记忆里的大海了。其实，青岛的海、大连的海、连云港的海都很美，并且各有各的味道，她们的美丽被你忽略了，而一些微乎其微细节的瑕疵，却又被你深深地烙印在心间，美自然就打了大大的折扣。

朋友的话，也许是对的。不是我寻找不到那片蔚蓝，是我对现实有了太多的挑剔吧？

记得少年时，我对文学产生了极痴迷的情感，除了疯狂地阅读能找到的书籍，还着迷般喜欢上那些能够写出精彩文章的作家，秦文君、徐鲁、曹文轩等作家的资料被工工整整地抄在笔记本上。我当时最大的梦想，就是能够一睹这些作家的风采，倘若自己能够成为一名作家，则是莫大的幸福了。

这个理想，支撑着我风风雨雨走过了20年，当我终于成为一名可以依靠文字生活的作家时，心中曾经虚拟的巨大幸福感却遥遥无期。反而因写作感受到的许多苦恼占据了心头。

不是生活中缺少那片蔚蓝，而是我自己对生活过于挑剔。朋友的话再次回响于我的耳畔。如果总是去放大生活中遭遇到的困难，忽略掉拥有的成果，又怎么能感受到幸福呢？

当我再一次接受大海的邀请，海风的咸腥味成了大海欢迎我的预告，远天一片蔚蓝，而深处的大海一浪一浪叠起高高的浪花，像在微笑着告诉我真正的景色在远方。当我忽略掉近在眼前的琐碎的瑕疵,还有横起的几块乱石时,久久寻觅的蔚蓝色海洋终于出现在我的眼前。那片纯净、细腻、真实的蔚蓝啊,以强烈的震撼感抵达我多年前的记忆深处,并与之悄然融合。

书和牛肉

我特别喜欢读书，可以三日无肉，不可一日无书。无论是在我求学期间，还是工作之后，对于书的兴趣是有增无减。记得在船上工作时，我因爱读书而成了别人眼中的另类，在一群以玩乐为目标的同事中，读书是件多么无聊而寂寞的事，他们经常发出的讥笑声伴随着风声、涛声一起落在我的耳畔。有时，我也会像阿Q似的想，我倒想笑话你们呢？把那么美好的大把青春轻易地抛掷，这是多么奢侈的一种浪费啊！

记得一次船泊南通待闸时，由于潮水落差大，需要等待一段时间，我去街头闲逛，遇一旧书店处理书籍，我被那些便宜而耐看的书深深吸引，掏空了口袋，购买近百本书，雇了一辆三轮车把书运到岸边，这曾让同事们怀疑我是贩卖书籍的。他们哪里知道，那些可爱的书籍，是我精挑细选的，让我如何舍得出手呢？这些书以一种巧遇的形式进入我的视野，也算是缘分了。

也有让我耿耿于怀的时候，我买过两本书，苏州作家范小青与台湾作家林清玄的散文，没等我细看，就消失得无影无踪，我知道这是别人的恶作剧，只不过对于爱书的我来说是难以忍受的。林清玄的书一版再版，很快我就寻觅到再版图书，而范小青的散文则只能留在记忆里，再无处寻找了。时至今日，我仍然难以释怀，那份失落与惆怅，绝非一般人可以体会。

船上还有一个同事，阿丁，也算是所谓的另类。他喜欢吃牛肉，每到一处，必定千寻万觅，购买到当地的各色牛肉一饱口福。肉食者鄙，阿丁虽然与我都属另类，还是受到我无言的轻视。阿丁有时与我侃侃而谈，我多半洗耳恭听，不答一言。记得有一回，阿丁和我侃各地牛肉的不同口味，讲各地人的饮食习惯，点点滴滴，非常有道理，且像一篇美食随笔，不仅牛肉是色香味俱全，而且还有典故，典故里总会扯上当地名人，即使我饱读诗书，也只有洗耳恭听的份儿，插不上半句话。

从那以后，我对阿丁刮目相看，阿丁并非只知牛肉美味，他吃出了牛肉里的精髓与艺术。他再对我侃他的牛肉经，我就有参与的欲望了。有一次，阿丁说刘邦喜欢吃狗肉，让沛县的狗肉香飘万里，我要挖掘出牛肉的人文底蕴，改良牛肉烹煮的口味，把牛肉里的作料添进些耐咀嚼、耐品味的典故，捆绑出售。

读书让我读成了作家，阿丁吃牛肉则吃成了牛肉馆连锁店总经理。我写的文章如今在海内外有华文的世界各地报刊上露面，阿丁的牛肉馆也像一张铺开的网络越结越大、越结越密，波及多个省份。

书和牛肉，本是两样风马牛不相及的东西，却在这样一个场合被我们品出了属于自己的味道。那些曾经响彻耳畔的讥笑声则早已成为回忆中的阵阵涛声了，有时细细地回忆，犹像阵阵鼓点，没有淹没我们，却给了我们向上的动力。曾经的苦难，走过去了就会成为风景，不仅装点了记忆，也丰富有了我们的人生。

风景在自己心中

多年前，我还是一名船员，有一次因江面雾大，船泊南通狼山，远远望去，山上风景奇妙多姿，尤其山头林立的雾中石景，令人浮想联翩。问过船长，得知船要明天才可起航，遂决定登岸去游狼山，船上的许多老师傅常走此航线，看熟了各处风景，漠然地对我说："没啥看头！"可我不信，执意前去。

山路崎岖，加上大雾降下的水珠，不得不小心翼翼地沿着石阶向上攀登，辛辛苦苦地攀到峰顶，发现远处看到的那些景致竟消失无踪了。原来那些在远处看到的景致，走到近前也就是平淡无奇的石头而已。而山顶也无更多可供欣赏的景观，不由失望而归。

两年后，船又泊此处。刚刚分到船上的实习生见到此景，又跃跃欲试前去，我淡然地对他们说："没啥可看的。远观还不错，近处看了只有失望罢了。"他们不信，弃船登岸，不久，他们就失落归来。

再后来，又有新船员在此看到风景，欲上岸览胜，船上的老师傅多淡然阻止，可是刚来的船员依然决定要去。我见他们意兴颇高，想到他们很快就会失望归来，就不再阻止。只是对他们说："你们会失望地归来的。"而他们回答我说："没有看过，怎么知道呢？"

就在船上的大伙儿谈论他们时，见到他们兴高采烈地归来的身影。完全没有我们以前失望的神态，向我们这些曾经失望地归来的看客们讲述他们的见闻。令我们怎么也想不到的是，我们所需要的是把远处看到的风景装在心里，奔向近处寻觅更美的景致。而他们却是前去寻访古迹，看到那些奇形怪状的石头已经兴奋之极，并无意于远方诱惑迷人的风景，怪不得我们是失望归来，他们却是满意而归。

在不同人的眼中，即使同一个地方所见到的风景也是不一样的，我们为什么要用自己的思想去左右别人眼中的风景呢？“没有看过，怎么能够知道呢？”每每想到他们的话，我就会明白：我们熟视无睹的地方，在别人眼中也许是一处胜地，或者风景独到啊！美妙的风景活在每一个人自己的心中！

卖瓜男孩

小区门口左侧不远，有个男孩在卖西瓜。天热，西瓜对过往的行人是一个巨大的诱惑。那瓜个头大、圆实，男孩会为顾客调出来，用手一拍，大声说：“包熟！”买回去，切开，准是鲜红的瓤，甜而汁多。

每天，我都会从那里经过，买上一个西瓜，男孩似乎认识了我，嘴里甜甜地叫着：“叔叔！”他那声叫，把我与他的距离一下子拉近了，好像是熟人。

男孩勤快，待人真诚，生意不错，每天买瓜的人络绎不绝。

有一天，我加班回来迟了，那个男孩正在瓜摊边搭起一个帐篷，铺上行李，准备休息，见到我，又麻利地捧起一个西瓜。我对他产生了好奇心，这个男孩，一直自己在这里卖瓜，他大概是帮父母销售田地里的西瓜吧？

男孩却给了令我一惊讶的答案，他的西瓜是自己从城北的农贸市场批发过来的。男孩今年18岁，刚刚高中毕业，被南京一所大学录取，他利用假期贩西瓜卖赚点钱交学费。

男孩的父亲早早地离世，母亲一个人把他拉扯大，他很小就帮助母亲赚钱贴补家用。“今年的大学学费6200元，假期里两个月完全可以赚出来。”男孩说完就笑，露出一口洁白牙齿。

常看到新闻里报道：年轻的贫困学子考上大学，为高额的学费发愁，需要好心人提供帮助。我却发现这个男孩在逆境里，绽开灿烂的笑颜。他每天起早贪黑，在高温天气里不停地奔波，汗水洒下无数，换回属于自己的劳动所得，同时也撑起一个男子汉的尊严。

假期过了大半，男孩还守着他的瓜摊，从黎明到子夜，他辛勤地洒下汗水，为自己的梦想努力。

阴天，我下午经过他的瓜摊，高高的西瓜垒在那里，似乎没有人问津。天一凉，瓜就销不动。男孩一边承受酷暑的炙烤，一边期待着烈日能长久地照耀，因为阴天，瓜的行情就差。

我过去蹲下，这次拣了好几个西瓜，让他找了一个网兜。我吃力地把西瓜搬上楼，妻有些不解地问我：“今天阴天，怎么买这么多西瓜？”

我答非所问地说：“那个男孩不容易，他要赚钱交学费。”妻子一头雾水地望着我发愣。等妻明白原委后，她也被男孩的精神感动了，她不仅自己买西瓜，还发动亲友也去买西瓜。

那天，有人敲门，一看，是那个卖瓜的男孩。他结束了自己的瓜摊生涯，要准备去南京读书了，特意登门感谢我们曾经帮助他的瓜摊生意。我笑笑：“你在这里卖瓜，方便了我们许多，要感谢的是我们啊！”

男孩没有说什么，只是深深地向我们鞠了个躬。男孩真是可爱，他那么坚强，又那么善解人意。在他以后的人生道路中，无论遇到多少风雨，都不会难倒他。

紫色葡萄

她家的院子里，有一大架葡萄，每到夏季，遮天蔽日，一大串一大串的葡萄挂满了架子。她就会偷偷地带出来，给他尝，看他大口地吞咽，她就开心地问：“好吃吗？”

他说：“好吃，好吃！”

她母亲是不让她乱摘葡萄的，可是看不住她。

他们从小一起玩，她母亲就是不让，可是她喜欢偷偷地跑出来与他待在一起。他是穷人家的孩子，可是他会保护她，不让别人欺负她。他为了她，敢和比他大许多的孩子打架，也敢爬上高高的树上摘桑葚给她吃。

他想和她一起出来玩，就会从她家的院边丢一颗石子，她母亲惊问，“谁？”她则一猫腰，跑了出去，和他手牵手溜走了。

葡萄旺盛地疯长，很快爬上院墙，枝枝蔓蔓四处延伸，到来年院墙上就开满了花朵，谢了，有青色的葡萄密密地长出。

来不及等葡萄长熟，他和一群小伙伴就想法尝鲜了。她母亲总是想方设法看管，不让他们乱摘。然而，他有的是计谋，三十六计，每一招都能让她母亲疯狂。

调虎离山。他让小伙伴晃动葡萄，她母亲追出，只是一个身影，追，他则稳稳地倚在墙边摘葡萄，连摘带吃。酸，边吃边吐。待她母亲回来，他一转身，没了踪影。

兵不厌诈。“有人摘葡萄了！”尾音拖得长长的。这时大多只有他一个人，没人配合，自己和自己配合。她母亲果然上当，出了院子察看，他则溜进院子，摘上几串葡萄瞬间溜走。

以逸待劳。声东击西。瞒天过海。顺手牵羊。

不论怎么严加看管，他总能顺利摘到葡萄。

她母亲实在管不住，那些爬出院墙的葡萄越来越长，基本上已不在她的控制范围。

算了算了，要吃就吃去吧。

当她母亲不再高压严管，他反而变得彬彬有礼，不用任何计谋了。

那时，他考上了军校，她也收到上海一所名校的录取通知书。就像爬出院墙的葡萄，再也没有人能看管他们了。

他们认认真真地谈起了恋爱。从来没有这样从容过，这是多么美好的时光啊！没有人窥视，没有人看管，没有人逼问，只要喜欢，可以放肆地相爱。一串串又大又甜的紫色葡萄，轻轻地送进口，细细地品。他想象着她给他带出来的那些葡萄，比他用尽计谋采摘的都好吃。

后来，他们顺理成章地走进了围城，相亲相爱，生儿育女。

在她家院子里，母亲已略显苍老，满心欢喜地说：“想不到你们可以这样好？”她一直担心他这个坏小子欺负她女儿，不愿给他们更多的机会，紧紧地看管着，却怎么也看不住。就像长出院墙的葡萄，别人怎么着都能采摘。

也许，让自然生长的葡萄，自然地成熟，也是一种爱吧！看到女儿女婿恩爱有加的模样，做母亲的也格外愉悦。

最好的爱，是看着他们慢慢长大，然后去祝福他们。所有的路是他们自己选择的，别人再疼爱也代替不了他们的成长历程。紫色葡萄父母心。

JINGPINZHENCANG

第二辑

JINGPINZHENCANG

爱要有些傻

爱是人生很重要的一个话题，而爱情又是大爱里更迷人的一种。时光可以流逝，岁月可以变迁，而爱情却永恒。只要有两性存在，爱情就不会死亡。无论贫穷还是富贵，无论城市还是乡村，无论英俊还是丑陋，无论高贵还是卑贱，只要有爱情，都是一样璀璨而迷人的。爱情是生命里绽放的花朵，属于相爱的人。

春晓的爱情

春晓是农村里来的女孩子，但是现在的春晓不是乡村女孩了。聪明、智慧的春晓从农村里考上了大学，她的未来将从此与农村划了界限。

春晓走在南京宽敞的街道上，看着熙熙攘攘的街市，在心里想象着将来的生活，她将要在城里生活，那些舒适的只在电视里出现的一切，就是她的未来，她就有些莫名的激动。

漂亮的春晓在校园里是许多男生追逐的目标，她对那些小男生的甜言蜜语无动于衷，她要寻找一位有实力的男生，能够实现她的梦想，让她从此在这个可爱的城市扎下根来。春晓想到这里，就会觉得南京这片土壤真是适合自己。

然而，一切并不是春晓想象得那般美好，追她的男生有才有貌，可惜没有多少实力，自然不在春晓的接受范围，有实力的男生似乎对春晓没有多大兴趣，他们有自己的目标，那些城里的女孩子似乎对他们更有吸引力，时尚、流行，衣着、谈吐映衬出各自的底蕴，这比春晓的漂亮更有魅力。有几次，春晓与那些城里的女孩子结伴去参加一些活动，才明白自己与她们之间的距离有多远，她们的舞跳得非常棒，任何一首音乐响起，都可以跳起优美的舞姿；歌唱得跟明星似的，在卡拉OK里分不清是谁的甜美歌喉？只有这时，春晓才感到一丝的自卑，那些农村的烙印与城里女孩的文化之外的氛围怎么也无法融合，春晓明白，要想尽快地改变自己，必须有城里女孩子的味道，除了她们的举止、谈吐、穿着外，还要有舞蹈、音乐，当然也有小小的心计。

春晓在为自己向城市女孩身份转变而不停地努力。学业之外，她开始向她们学习跳舞、唱歌，春晓聪明，加上她有非常高的天赋，这些东西很快就熟络了，甚至有些后来居上，在一大群人中，春晓可以舞出惹人眼红的“旋涡”，把众人热热的目光吸引过来，K歌时，春晓不再袖手旁观，成了超级“麦霸”，从流行歌曲，到京剧选段，男女声反串，甚至可以包下二重唱双声道，这让与她一起玩的朋友格外开心。

春晓不再默默无闻了，那些曾对她不屑一顾的男生也开始排队邀请春晓一起外出了，他们格外殷勤，颇有绅士风度，出手阔绰，玩法新潮，令春晓颇为自豪，时不时地在女同学面前显摆，看到她们眼里的嫉妒之火，就会有说不出的开心。现在的春晓已不是那个不谙世事的乡下女学生了，她在这个城市里灯红酒绿如鱼得水。

后来，在一次派对中，认识了一位房地产大佬，他一眼看中了春晓，漂亮、性感、谈吐优雅、非常时尚的女性，他对春晓说：“大学毕业可以来他的公司工作，高薪。”春晓一笑，未置可否。说这话的人多了，谁是真的谁是假的？春晓又不是才出农村的打工妹，那么容易相信别人。不过，房地产老板不仅有豪爽的语气，更有一掷千金的实力，他在春晓身上大把地花钞票，不能不让春晓动心。要知道，在这个城市里，一切美好的东西都需要用金钱购买的，没有钱，看看都是一种奢侈。春晓曾经和同学去一家精品专卖店，本来想买一件上衣的，令她想不到的是营业员居然说那件衣服不能碰的，哪有出售的衣服不允许顾客试穿的？明明就是瞧不起她吗？

那天，春晓带着房地产老板直奔那家精品店，故意在那位曾讥笑她的营业员面前不停地试穿，不知为什么？她居然客客气气地、不厌其烦地任她挑来挑去，春晓还是春晓，只不过身后多了一位能付款的老板，一切就改变了。盛气凌人的面孔成了不厌其烦的温顺，这份温柔还不是看中了顾客口袋里的钱？春晓故意拉着老板径直走了。

后来，老板把春晓试过的那件衣服买了送过来，还对春晓说："跟她们生什么气？"仿佛看透了春晓的心思。春晓捧着那件衣服，不知道该不该收下？说实话，春晓非常喜欢那件衣服，她逛过很多店，都不能让她把那件衣服忘掉。可是，当老板真的看透了她的心思，把衣服给送过来时，春晓又有另一种不安，这衣服是不是一个诱饵？还有，老板那份目光背后洞察一切的犀利，令春晓隐约有些不安！

没等春晓发话，老板就把衣裳丢在春晓的手里，开车离开了。

春晓穿上那件衣裳，更是迷人，高档的服装衬托了春晓的美貌，还有她的自信。那天，房地产老板约春晓去赴一个酒宴，春晓本不想去的，可是老板半是央求半是命令，居然让春晓不知如何拒绝。

春晓虽然经历不少场面，可是当她面对一桌各色各样的人，还是找不到刚刚建立起来的自信，她躲在房地产老板的身后，依然躲不掉四面射来的灼人目光，酒是一杯接一杯地灌了下去，脸红红的，表情羞羞的，当房地产老板搀着她的手时，她居然没有拒绝。不过，当老板把她带到一间房间，有些急不可耐时，她还是清醒了，怎么也不肯顺从,挣扎着从门缝里逃掉了。

春晓明白,房地产老板寻找的不是爱情,这不是她想要的,然而,她想要的爱情,却又没有金钱撑起的坚实,有点缥缈。莫非,爱情就是这样令人左右为难?那天,春晓的一位同学哭着告诉她,怀孕了的她不知该如何处理?那个对她甜言蜜语的男人此时已音信皆无,根本不再接听她的电话。这让春晓一下子从梦中清醒过来。倘若没有了爱情,有钱又能获得什么?真的可以拿青春去换现在的消费?

春晓开始怀念刚进入学校时的单纯,那时的她根本不懂现在这些城市背后的阴暗,却很天真而快乐,又有一份无限的憧憬,春晓像猛然醒悟了似的,下决心摆脱那些光怪陆离的诱惑。

春晓大学毕业后,去了一家企业,拿着与众多刚毕业的大学生差不多的薪水,偶尔会在精品时装店前徘徊一阵子,然后又毅然转头离开。

穿着朴实无华的春晓,不久就与一个男孩子好上了。他们一起去大排档吃5元一份的过桥米线,有时奢侈地花上20多元钱跨进肯德基快餐厅,一人点一份快餐,心满意足地消耗上一个多小时,不是为填饱肚子,只是想要那份感觉。

春晓想,她最终会在这个城市里有自己温馨的小家的,当然还有自己可爱的孩子,那时候,一家三口,手牵着手在这个城市里漫步,会比拥有什么都快乐。

伤疤

我们单位里有一位女同事，人很漂亮，属于青春靓丽那种的。可是她有一个习惯，喜欢把长长的头发披下来遮住左半边的脸，起初我以为她喜欢这样的发型，也没太在意。后来在一次无意中见到她的左脸靠耳后有一块伤疤，才明白她为何忍心总是用长发遮住漂亮的脸，原来是为了不让别人看见她的伤疤而已。可是，即使她如此小心翼翼，还是不能把我们这些朝夕相处的人瞒过去，又何必刻意去遮掩呢？

在一次酒后，她向我吐露了内心世界：为了不让别人见到这个缺陷，她一年到头总是一个不变的发型，到哪里都保持一个不变的姿势，不懂的人以为她是喜欢这样，可是为了这样做，她时时刻刻得小心翼翼地提防着不露破绽，她因为心里总想着那块伤疤，总是活得很累。

后来，这位女同事在我的开导下，心里不再总是惦记着脸上的那块伤疤，坦然地面对生活中的各种目光，她竟比以前更具光彩，其实也就只是一块小得可以忽略的伤疤，却让她背上了沉重的心理包袱，真是不值，而一旦放下了这种负担，人因为坦然而轻松，而更有自信、更具魅力。

一个年幼时遭受强暴的女孩子，一直觉得自己从此低人一等，她不敢和她喜欢的男孩子接触，不敢像别的女孩子一样去恋爱，甚至于打算一辈子独身。她始终把那件事沉甸甸地放在心里，时时拿出来自我折磨，直到把自己的信心、理想全都击碎，心里有的只是那块伤疤的阴影。

要知道，完美无瑕的东西是不存在的，许多事物正因有了那点瑕疵才更珍贵，人生正因有了挫折的打磨，才更饱满、圆润。只是我们要正视曾经给过我们疼痛的伤疤，不要活在它的阴影里。忘了脸上的那块伤疤，我们才会活得更轻松；忘了心理上的那块伤疤，我们才会更有信心去高空飞翔。人生因为有了伤疤的刺激而更出彩，是否因祸得福全靠自己的把握。有些人，总是拿伤疤去回忆过去的痛苦，然后让自己沉浸在里面不能自拔；有些人，却让伤疤砥砺自己，把它变为自己奔驰、飞翔的动力。

才华比爱年轻

她在电话里满怀忧伤地对我说："丈夫对她越来越冷淡了，有时候，她对他百般照顾，他却丝毫也不领情。"

她和他都是我的朋友。当初，他们相爱时，是那样令人羡慕，他才华过人，她聪明漂亮。其实，她当初也是有自己梦想的，她那时写得一手漂亮的文章，大大小小的报刊争相刊登她的作品。不过，自从他们成家后，她就像那些息影的明星一样，名字从媒体上隐身了。

他的事业越做越大，也越来越忙，她需要打理家里的一切，照料孩子，照料丈夫，替他照料父母，这些事，原本可以请别人做的，但是她不放心，她想要做尽善尽美的儿媳、体贴周到的妻子、温柔可人的母亲，她就把一切都揽到自己手里。

日子像水一样一天天流走，那些烦琐的生活细节，在她眼里竟也有许多趣味，她在这些与亲人相处的时光里、帮助亲人的一举一动中，体会到那种奉献的快乐。最重要的是，她什么都不缺，不缺钱，不缺时间，不缺住房，不缺羡慕，但是，她却又隐隐地觉得还是缺了些什么？

在丈夫越来越冷淡的日子里，她一个人静静地思索，自己究竟缺少了什么？

她缺少了与丈夫相随相伴的时光。他在外面忙得应接不暇，她在家里生活得波澜不惊；他的事业蒸蒸日上，她却原地不动；他的交际圈越来越广，她却多年守候着家里几口人；他最初每天出门都会拥抱她一下，这个动作从什么时候停止了？连她也忘记了。以前，他们之间不停地交流着，未来的生活，理想的模样；现在，他们各自的生活圈越来越缺乏交集，就像两个圆，相交的部分越来越少。他是一棵树，越长越高大，迎风招展，她是树下的一棵小草，伏着地皮舞蹈。

我曾经劝过她，要适时地发展自己，夫妻就像双行轨道，只有并行才会让家庭的幸福列车不出问题。当你停止得太久了，另一方就会跑得太远了，怎么会融洽呢？

她明白得还不算太晚。重新拾起她停下多年的笔，开始在文字世界里耕耘，她有自己的思想、自己的愿望需要倾吐，虽然时隔多年，她的文笔依然犀利，也许是沉闷久了，她的心情在表达中得到宣泄，也许是她重新找到了自信，她又艳丽照人。

她没有刻意去逢迎他，她有自己的世界，她有自己的风采，只是她自己封闭得久了，黯淡了光泽罢了。当她重新绽放出迷人光彩时，他立刻感受到了她的魅力不减当年。她与他不在一个圈里，依然有许多人在他面前对她赞不绝口，这是他们当年的风景，他们曾经相互引以为傲。

爱，是两个人走到一起的黏合剂，然而，爱并不是唯一。只有不断地绽放自己最迷人的风采，汲取营养，充实自己，才会有迷人的芳香飘逸。爱是灵魂的吸引，才华是光彩的外衣，都是吸引异性的魅力之处，而才华可以绽放得更长久，它比单纯的爱更年轻。

不要怕拒绝

他那时非常喜欢她，偷偷地收集她的相片，微笑、凝眸、远眺、沉思、皱眉等等，被他整齐地放在一本相册里。

在整个学生时代，他就是那么关注她的一点一滴，独自一人细细享用。有一次，他从一个要好的同学那里发现她的一张合影，悄悄地拿去找人PS，只剩下她在出神，那张相片，成为他最中意的，做成小巧的头像，放在手提包里。

他爱得好辛苦，又爱得好甜蜜。

每逢学校举办活动，他总会热心地拿着相机到处拍摄，其实，他更多的是为了抓拍她的镜头。能够拍到的，他都会尽力去不露声色地拍，然后收藏。整个学生时代，他完整地记录了她的春夏秋冬、一颦一笑，喜怒哀乐，她在他的摄影里留下了青春的永恒。

后来，毕业了，同学们相互一起合影留念，他也好想与她两人拍一张，可惜，一直没有张开口，只能借别的同学一起合影的机会，悄悄地站在队伍里。

他非常想向她表白他内心的感情，可是，他怕她拒绝，也怕她给他难堪。那个年纪，太不经世事，一个白眼都使他受伤。

他和她在两个城市读大学，假期里也偶尔见面，却依然不敢向她吐露心事。见着了，风轻云淡地谈谈身边的时事，或者聊聊同学之间的趣事。就像不同轨道的两列车，相遇，一声鸣笛，又各自奔向远方。

工作后，多年久无消息，同学们成家的成家，生子的生子，从一个圈投入另一个圈，经营各自的小天地。

他也有自己的妻、自己的孩子，只是偶尔打开那本影集，时光便会恍惚回到从前。像一幅画，不经修饰，单纯质朴，他会想起自己的思念，还有莫名的期待。也许，这样挺好的，他想。

转眼间，他们毕业20年了，有同学策划聚会，他们又见面了，她风采依然，只是从青涩变得成熟，言行更得体了。

开始，各人还矜持，几杯酒下肚，当年的往事就从各人的口中飞舞，在饭桌上共享。谁爱谁？谁暗恋谁？原本秘藏的往事，被揭开，成为调侃的作料。男人兴奋地爆着料，女人偷偷地乐着，会有谁暗恋自己，这是多么美好的事。

唯有他，一直静静地坐着，不做声。

酒宴散场，他看到她行将离去，不知怎么的，竟脱口而出："当年我是那么地喜欢你！"

她一愣，竟有泪水盈眶，"那你为什么不早说？"

他不明白，她原也是喜欢他的。有多少次，都是她寻着机会创造了见面的巧遇，他竟不明白？

为什么要怕被别人拒绝？就是怕当时的难堪？

也许，纵然会拒绝，一个女孩也会喜欢听到这样的表白，"我喜欢你！"多年后回味起来，也会美妙整个青春的记忆。

拒绝并不可怕。每个人都有爱的权利，别人也有拒绝的权利。

而在拒绝之罅隙里,有时会悄然绽出一朵爱的花瓣,在记忆的风中摇曳,这是多么幸运的事!

风雨无阻

狂风、暴雨，夹杂着闪电，猛烈地袭击这个小城。她站在房间一角，瑟瑟发抖，电停了，整个房间漆黑一片，闪电扑进屋里时，亮光闪动，似有个黑黑的人影在屋里乱蹿，她惊叫不已，恐惧顿时攫住了她的心。

她租住在这个小小的套房里，孤单、恐惧就像不时乱蹿的黑影，她忍不住给他发了一个信息，怕！

她忘了现在外面的世界，狂风大作，暴雨如注，交通陷入瘫痪。他离她有3公里，接到她的短信，没有丝毫犹豫，立即奔下楼，路上空无一人，车辆也消失得无影无踪。只有风在天空张狂地啸叫，雨也左冲右打地砸下来，他抹了一把脸上的雨水，想让视线看得远一些，却是白茫茫一片，树枝、灯箱、广告牌和雨水一起飞舞，哪里有车的影子？

他怕她更加恐惧，向风雨里抬腿便走。三公里，在狂风暴雨里格外漫长，他向她坚定地走去。

雨水打在脸上，疼，就像冰雹狠狠地锤砸。他抹了一下额头的雨水，整个世界都在风雨里发呆，他像是一只随风滚动的杂物，在雨水里湿透。

他想的只有她，她一个人在黑暗的屋里，该怎么应付？她大概从未见过这样的暴风雨。其实他也从未见过，但是她现在需要他去安慰，需要他的关爱。即使风狂雨大，他也要义无反顾地赶。

任何空洞的安慰都无济于事，她现在要的是他宽阔的怀抱。

他懂得，所以风雨无阻地奔赴。

临近小区，积水没过他的膝，他只能在水里跋涉，歪歪斜斜的行道树像一个个魔鬼向他伸出手，他只能在空隙里向前走。

终于摸到她的门前，敲门，咚咚，她一边尖叫着，一边奔过来。不顾他浑身向下滴水，一下扑进他的怀里。

他抚摸着她的脸，让她安静下来。

鞋里积满了水，走起来扑扑地响，衣服都湿透了，水只往下滴，头发伏在皮肤上，她看着他的样子，安静下来的心怜惜地为他拭去脸上的雨水。

她只要他在自己的身边，却不知他是如何过来的。那些风、那些雨，会阻断多少人的脚步？她只是一个短信，他就急急地奔过来。穿越狂风，穿越暴雨，穿越三公里城市的无人街道。

有些爱，给的是锦绣言辞；有些爱，给的是华衣丽裳；有些爱，给的是美味佳肴；有些爱，给的是荣华富贵；有些爱，给的是温暖人生；有些爱，给的是风雨无阻……

他爱她，只要她需要，他就会义无反顾地为她而来。风、雨，艰难、困苦，甚至灾难，他都不回避。

爱要有些傻

她是一位作家，码字为生，她聪明、勤奋，洞透世事，明白人生，就像她笔下的人物，想要干什么？会去干什么？都一任她的思路去发展，她太了解人性了，所以笔下人物性格丰满，故事曲折。

她会不时地下笔批判男人，有那么可爱的女人了，还不满足，四处花心，吸引年轻女人，真是十足的恶行。

这么懦弱，一点风浪都抗不住。还是男人呢？女人嫁你干什么？就是想找一副肩膀靠一靠啊！你自己那么软弱，还让女人怎么生活？

年轻时这么享受，将来长成男人了，能有几分承受挫折的能力？享受对于男人来说，没有一点好处。

这么不懂风雅？真是没趣。男人跟木头似的，哪个女人愿意跟着你讨生活？

她总是把男人的缺点看得格外透彻。或者特意放大男人的那些缺点，毫不留情地进行批判，恨不得把男人调教成既温顺体贴，又能呼风唤雨的斗士。可世间有这样的男人吗？就像尘世间没有完全的纯金一样，又怎么会有一个毫无瑕疵的男人？一个优秀的男人，就是他的优点总是闪光的，他的能力大于他的缺点，或者他少有缺点。倘若想要一个尽善尽美的男人，去哪里寻找？况且，这样的男人又要什么样的女人才可以与之相配？

她都30岁了，还是孤家寡人，家人都急了，她自己貌似无动于衷，其实内心比谁都焦躁。这帮臭男人，怎么就没有一个可以爱的呢？恨嫁的心藏着掖着也痛苦万分。以前，她是要一个满意的男人，跪着来求她，像剧本一样浪漫，像小说一样动人，再有一个十全十美的白马王子，她挑剔，不顺眼的男人见过一面就永不再见。

后来，男人们视她为一枝长刺的玫瑰，再也不愿与她交往。她开始听从家人的安排去相亲，那是怎样的折磨啊？媒人嘴里英俊潇洒的人，却是一个矮小粗胖的男人，她连话都不愿说就掉头走了。那个才华横溢的男子，也不过是看多了几本小说杂志，挑些流行词语，从嘴里蹦完了就无话可谈，连大脑都没有，还才华呢？那个号称家财万贯的男人，居然见面就问她的年龄，粗鄙的话语让她难以抑制的恶心。

她号称要独身主义了。

母亲说："你那样骄傲，连人家讲话的机会都没有。怎么建立感情？"

她说："还打算生活一辈子啊？见一面都痛苦，要是那样的男人也可以，干脆死掉算了。"

吓得母亲不敢多说。

妹妹劝她："看着可以的，先谈谈看。以后觉得合适再继续。"

她说："我也想啊！可是，叫我怎么跟他谈，他讲的我没兴趣，我说的他不懂。南辕北辙。"

妹妹说："你那么文艺的话，谁能配得上啊！世俗一点么，就聊聊家长里短。"

她想，"才开始就乏味，怎么去挨以后漫长的一生？"

她就这样挑剔着，她想要一个男人牵手，可是哪里去找呢？

看到一个个女友小鸟依人般偎在男人身边，她又会觉得心疼，然而，那是别人的幸福，不属于她。

有一天，小妹带着孩子，搀着夫婿的手，有说有笑地来娘家，她本想迎着说上几句话的，不知为什么？竟然向妹夫恶语相向。妹夫尴尬不已，却又不知所以。她不明白，为什么那些世俗的人都可以幸福地生活，而她却找不到自己的温暖？

有时，她又实在太傻。她看到了别人的温情，可曾看到婚姻里的琐碎和争执？哪对夫妻不曾吵架拌嘴，烦恼丛生？可他们依然向往两个人的温暖，即使有缺点，有烦恼，那也是爱情的烦恼，它比一个人的清静要幸福。而爱情，不仅有喜欢，也会有隐忍，面对自己不喜欢的，能忍下就可以了，倘若连忍也不行的，大概不能成为一个屋檐下同享温暖的人。

太聪明的人，没有好的爱情。倒是那些傻傻地，不去太多挑剔的人，能享受到尘世里爱情的些许温暖。

爱的公约数

朋友大林相貌英俊、才华出众，深得单位众多单身美女青睐，没多久，就和小玲出双入对，向众人暗示了他们非同寻常的关系，这一招心计是小玲想出来的，那意思再明显不过，别人不要再存非分之想了，大林是我的人了。

要说这小玲也非同凡响，除了相貌出众、才思敏捷外，还有独当一面的勇气与魄力，遇事果断而有洞察力，深得领导赏识，她与大林的缘分，多半出自她勇敢拍板决定的。大林好像在恋爱方面有些迟钝，对那些绣球暗抛、芳心默许的美女常常无动于衷，面对小玲的主动出击，他只有招架之功，最后只好束手就擒。

后来，脾气耿直的大林因不善于钻营官场的许多“潜规则”，与领导关系摩擦日益见多，遂萌生退意，与小玲商量，得到她的大力支持。初入商海，机智的小玲为大林出谋划策提供了不少有益的意见与建议，在大林资金吃紧时，出面协调过多次，找银行借贷，通过朋友筹资，让大林把更多的精力用在公司的运转上，没过多久，大林的公司步入良性循环轨道。

大林整天奔波在自己的公司事务中，小玲依然忙于自己的工作，两人沿着各自的轨道运转。随着公司日益扩大，事务渐多，大林多次提议让小玲辞职到自己公司任职，工作既轻松，又令大林放心。可是小玲向大林解释说："自己很喜欢目前的工作，对大林的公司不太感兴趣。"开始大林说过就算了，随着时间日久，此类话题说得就频繁起来，每次小玲都以这样的理由推托了。

那天，大林从外面应酬回来，醉意蒙眬中又向小玲提出让她辞职的话，小玲还没有解释完，大林就发了脾气。说实话，小玲也很想帮助大林，可是让她辞掉目前的工作去大林公司做事又颇感为难。当初劝大林辞职，是因为大林的个性很难在单位里有所发展，辞职自己干更符合大林的情况，小玲对他的事业好坏并不计较，可是随着时间推移，大林公司规模迅速发展起来，大林需要小玲的帮助，他一个人支撑这个公司已让他渐感力不从心，而公司的核心事务交给别人又觉得不太放心。

面对这样的情况，小玲感到从未有过的茫然，从内心讲，她希望大林活得开心，事业顺心遂意，可是她更喜欢目前的工作，她喜欢工作中体验到的点点成功与快乐，而不是大林的唯资本论，在小玲的内心中，获得报酬的多少并不是快乐的来源，这让他们之间出现了分歧。

后来，他们很坦诚地向我吐露了烦恼，我没有更多的劝说，只是用笔画了两个圆，相交在一起，相交的部分写上了他们共同的优点，另外的部分写上他们各自的特点，聪明的他们很快明白了我的意思。夫妻两人就像两个相交的圆，因为有较多共同的理想、爱好、习惯等特点有机会走到一起，但两个圆永远也不会重叠在一起，它们既有相交的部分，同时也保留自己独立的空间，唯有如此，才是夫妻间相处的最佳状态。

之后，大林找到一个信得过的得力助手，小玲还在干自己喜欢的那份工作。重要的是，他们因为懂得夫妻之间的最大公约数的道理，彼此更加珍惜对方的感情，双方的事业也蒸蒸日上。

公交爱情

她的家住在城市东郊，99路公交汽车的终点站离她家很近。每天，她都乘99路公交车去上班。

有一次，单位与相邻单位举行联欢，那个单位的一位部门经理认识了她，经常找她搭讪，她只是客气地回应。

他以为她有意，天天开着奔驰过来给她送花，一大束的玫瑰鲜艳地盛放。同事都说她钓着好夫婿了。她一笑，她不要这样的夫君，奢华、虚荣，不是她能高攀的，她要的是务实、诚恳、上进的男人。

经理送花，她拒绝，于是就努力靠近她，要送她回家。他说："顺路，很方便的。"

这次，她一点也不客气，"我没有那福气，坐不惯轿车。"

不承想，他真的丢下轿车，和她一样挤公交车了。99路公交，她在起点上，他会在下一站上车。

她在心中暗暗地笑，习惯坐奔驰车的人，也能挤在公交车里？

她静静地坐着，看他怎么献殷勤？可是，他只是坐在车上，看到有年老的人上车，会主动让坐，自己站着。看他站在车厢里，一手拉着吊环在晃荡，觉得真是有趣。

开始，他们无话可说。时间长了，也有了简单的回应。

因为真的顺路了，他们就有了更多机会相见。等车、同车，他们会聊一些天下事，也聊一些身边事。久了，还会聊聊各自的兴趣、爱好。

他身边的人都惊诧，以为他这样的追法不过是心血来潮，坚持不了多久，谁能料到？一月、两月，他竟坚持了下来。

她原以为他不过是像献花一样的，爱的是绚丽的景致，现如今却会这样日日坐在公交里谈笑风生。公交是另外一个世界，拥挤、杂乱，汗水、烟味、体臭，还有脏乱的口袋，这是最民间的地方。

等他在公交里坐了6个月的时候，她已经把他看成朋友了，见到，总是相互微微一笑，就开始了随意的聊天。

在这6个月里，她看到他的坚持、他的努力、他的低调、他的尊重。他看到了她的智慧、她的真挚、她的清纯、她的本真。他觉得他的努力真是值得，这样的好女孩，一定要争取到。而她也改变了自己戴着有色眼镜看人的先入为主，发现他的坦诚。

在公交里，成全了他们的爱情。

他说："我们的婚礼要在这一趟车上举行。"她笑着同意了。

那天，他们和公交公司协商好，专门安排了一辆公交车，坐着新郎、新娘穿梭在这条路线上。

有的男人，喜欢炫耀他的财富、他的地位、他的权势，就像一只孔雀，借机张开美丽的尾巴，给别人看它的美丽。也有的男人，能够放下自己的一切，尊重别人的感受，懂得体谅别人的心情，愿意放下身段，和别人一起行走并欣赏别人视线里的风景。

奔驰车里的爱情未必会一路欢笑风驰电掣，公交里诞生的爱情一定可以抵抗人生中经历的许多风雨。

借爱

母亲病重，最放心不下的是他至今仍单身一人。他从小就与母亲相依为命，他懂得母亲的艰辛，从来不跟母亲要玩具，也不贪吃零食，偶尔与母亲去外面，他总是离那些可爱的食品远远的。母亲买来一些，他也嘟囔说："不吃，不吃！一点都不好吃。"

母亲泪水哗哗地流，"孩子，你连尝都没有尝过，怎么知晓不好吃？"

他于是假装尝了一口，然后不肯再吃。

他体谅母亲，很小的时候就知晓不与别人攀比。他最大的爱好就是去图书馆看书，把一颗心沉浸在喜欢的书本里。

他读书的成绩总是最好的，是母亲的骄傲。

后来，他到城里工作，母亲在乡下生活。

他一直想好好地奋斗，然后把母亲接到自己身边，让她享受一下人生。可是，母亲等不到那一天了，她的病让她留在尘世的日子越来越少，屈指可数。

母亲望着他的眼神，是那样的凄楚，他明白母亲的心思。可是，他至今还没有女友啊！这话，他不想直接对母亲说，但是，又该如何安慰母亲呢？

他思来想去，想找一个可爱的女孩冒充一下自己的女友，就算骗母亲一次，也要让她觉得有希望。

那天，下班前，他鼓了好多次勇气，终于对女孩倩张口，他说得没头没脑的，别人很难听得懂，可是倩听了默默地点了点头。他一颗悬着的心放了下来。

他们选了一个假期，去乡下看母亲。

他原以为，倩会难为情，或者躲得远远的，那样的话，他会找些借口，告诉母亲：倩怕羞，倩是城里人，到农村不习惯。

可是，没有等他用上这些借口，倩来到他的家，见到躺在床上的母亲，紧紧地坐在母亲身边，为她洗脸，给她洗手，还亲切地叫："妈！"

母亲高兴得想坐起来，却没有力气。

母亲最后的时光，是满足的，因为倩，因为儿子有了满意的结果。

可是他明白，这不过是一场戏，演出结束后就将谢幕。安葬好母亲后，他与倩回到城里，他一如既往地过自己的生活，却不承想，倩处处靠近他，她的体贴，她的关心，都让他觉得人生迎来了春天。

他本来只是想借倩给母亲一个安慰，却不承想到倩毫不犹豫地给了，之后还这么关爱他。

其实，男人往往觉得女人世俗、势利，贪图享受，可曾想到，她们也有人愿意寻找真爱，对那些有爱、有情的男人，会给予不一样的情愫。

他的努力、他的智慧、他的上进、他的诚挚、他的执著，无一不打动倩的芳心。本来，倩一直想找机会，却不承想有这样一个契机。

人生，唯有爱是借不来的。能给予的爱，都是心中有一份爱，渴望着机会，一张口，就是一个真挚的约定。一个承诺，就是恒久的一生。

高度

表妹与相恋多年的男友分手了，那个男孩子我见过，人长得挺帅气的，谈吐温文尔雅，且又与表妹大学同窗多年，按理讲，两人的情感应该发展得一帆风顺，最后就可水到渠成步入婚姻的大门，可是现在却忽然间半路夭折了。

我前天特意打电话关心一下表妹，不承想表妹没有一点失恋的惆怅，笑得阳光灿烂。表妹告诉我，那个男孩落选的原因是“高度”不够！我疑惑了，“高度”不够？那个男孩子1米78的身高，足以胜任篮球队员了，还嫌矮？表妹听了我的疑问，笑得花枝乱颤：高度——不够！严重不够。

之后，我特意留心了身边优秀的男孩子，把单位里一个新来的大学生介绍给表妹。1米85的身高，这次不应再嫌矮了吧？表妹与男孩子接触几回后，表妹没有什么特别的意见，那男孩子却疯狂地迷上了表妹，经常邀约表妹，有时表妹会赴约，有时会借故推辞不去。表妹这可能是在用欲擒故纵之计吧？可是出乎我的意料，时间不长，表妹又提出分手。这男孩子就急着搬出我这个月下老人救急，我催问表妹为何要分手？表妹一如既往地对我说：“高度”不够！我傻了，

“你到底要找多高的才不嫌矮？”表妹忽然收住了笑，挺认真地对我说：“表哥，你是真不明白，还是装不明白。”表妹的话搞得我一头雾水。在表妹的解释声中，我才明白：表妹之所以与那位大学同窗分道扬镳，是因为她嫌那位同窗太缺少主见，没有男子汉应有的果断、勇敢，不够男子汉硬朗的形象。没等我发问，表妹就告诉我她对现在这个男孩的意见：喜欢享受父母创造的成果，不懂设计自己的人生，缺乏起码的爱心，胸怀不够宽广，居然存在那么多缺点。

我仔细想想，表妹说得挺对。单位里新来的这位同事，家境宽裕，父母有自己的中型企业，他的那点薪水根本不够他自己的开支，只是父母乐意为他埋单罢了，而且他对工作缺少认真、严谨的态度，因为他父母拥有错综复杂的人际关系，很多人不愿意得罪他罢了。

后来，虽然这个男孩子多次主动前去追表妹，但是都被表妹巧妙地婉拒了。前段时间，表妹告诉我，她找到自己理想的伴侣了。人长得很普通，有些黑，但是很精神，身高才1米72，远没有前面的几位挺拔，农村里出来的，大学毕业后自己在创业，表妹却对他非常满意。

我与表妹的那个“他”见过几面，无论谈吐、抱负，还是实践与行动，他都有与众不同的“高度”吸引着别人，我相信，在不久的将来，他会沿着自己的理想一步步地朝目标接近。

表妹是极聪慧的，她不被世俗的所谓优越所左右，执意寻找属于自己理想“高度”的伴侣，她用自己现在的远见设计自己未来的幸福人生，她会找到自己预定的幸福。

爱情的得失

看到她，总是令他心跳。

她迎风飘舞的长发，招展的裙裾，都给他异样的美。他内心偷偷地喜欢她，也只能偷偷地喜欢。她的男朋友是位官员的公子，帅而酷，让他自惭形秽。但他止不住喜欢她，总是偷偷地瞥一眼，又迅速地撤回目光，不敢久留。

在电梯里相遇，那么近地站在一起，他能听到她的呼吸，嗅到她的发香，她微微耸起的胸，令他晕眩。他多么想这是一生一世，却不能，那么短的时间，电梯到一楼，就是从天空坠落尘世，两人迅速分离。

他知道自己没有机会，无论是地位、财富，还是影响力，他都没有可能与她的男朋友相抗衡。他只能眼睁睁地看着她尾随公子的身后，小鸟依人。

婚礼中的她，万众瞩目，洁白的婚纱，大红的胸花，娇艳的新娘，豪华的婚宴，高档的迎亲车队，他只能看着，压抑着心中那份爱，逐渐变成痛，痛彻心肺。

有什么理由恨她呢？他不曾对她表白过什么，她也未曾对他动过心。只是，当喜欢的人被别人牵着手领走，又如何不痛？

她笑盈盈地来上班，他觉得整个天空都失去了颜色。只是，看着她由欢喜一点点地变成烦忧，就像日子在日历中被一张张地撕去，丢进垃圾桶里，变得脏兮兮的。公子喜欢她，娶了她，可他却不止喜欢她一个人。第二年，她生了一个女儿，刚满月，就与公子闹了起来，她再也忍不了。忍不了，又无法改变，怎么办？她怕自己在忍耐中一点点地碎掉，再也拼不成自己，只能放手。

她带着女儿，躲开那幢豪宅大院，生活回归宁静，也回归艰辛。什么事都需要自己去做，保姆照看女儿让她不放心，下了班就箭一般赶回家，看到女儿的笑，或者听到女儿的啼哭，才把悬着的心放回去。

工作自然做得丢三拉四。他默默地把她未完成的报表、绘图，细致地查了又查，看了又看，认真地填上，等她明天来签上名。他为她做，觉得是一种幸福。有一天，领导指定她完成一件事，他上上下下地忙着帮她寻找资料，查核数据。直到完成任务，她略有歉意地说："请你喝茶！"

他说："帮你做事是我的职责啊。"是什么职责啊？分工明确，各有各的一摊事，只不过他乐意为她去做。

她的不幸，他觉得是上苍给了自己机会。他想等一段时间，和她一起聊聊，告诉她，他是多么地爱她。没等他把话告诉她，就出了事，她在一个早晨，急急上班的时候，被一辆货车挂上，拖进车轮，辗断了双腿。看到她躺在床上，目光呆滞地盯着断腿，他有说不出的心痛。

他双手捧着她的双腿，告诉她："我要做你的双腿，你还可以去做你想做的事。"她怎么会想到，他是那么爱着她呢？无论她怎么遭遇变故,都不能改变他的喜欢,他的爱。只是,当她心有所属时,他只能藏起他的那份爱,不敢透露给他人。

她装了假肢,和他并肩走在街道上,小小的女儿已会说话,“爸爸、妈妈”,叫得脆响。也许,失去的未必就是失去,得到也不一定是得到,人生就在这种得失中寻找到平衡的支撑。

机遇是因为爱

他去广东讨要欠款，那是一笔关于他厂子未来生存的一大笔款项。结果欠债人遍寻不着，不知是有意躲了，还是下落不明。反正他在广东四处寻访，就是没有任何踪迹。他有些心灰意冷，那么信任的合作伙伴，10年了吧？不论情感还是合作，都是那么默契，然而，多年积累的钱财，从此流水逝去。

在机场，他的脚步有些迟钝，就这样回去，妻子问起，又该如何回答？就在他踌躇时，一个女子蹲在一边，低声抽泣。他一下动了恻隐之心，上前问她："怎么了？需要我的帮助吗？"其实，此时的他最需要帮助，但是在一个更弱的女子面前，男人还是会挺身而出。

女子面容姣好，面对一个陌生男人，或许因为真的遇到了难题，她低低地叙说了事情经过：本来，她从这里转机去台湾，不想，包被小偷划破了，钱财尽失，而她的行李托运，身边没有分文，连银行卡也不在。

这种事，只要外出，总会遇到。有的是真的，有的是伪装的。不论真假，都没有人会当真，大家都是过客，也许天涯，也许海角，有缘也只是一面，从此天各一方，各自生活。

可他看到她眼角的泪，即使伪装也是从心底流出。他摸了摸身边的口袋，那里有他此行的差旅费用。他掏出来，一分为二，自己的那份装进去，另一份递给了她。她的泪流得更快，话语有些哽咽，“恩人，你把名字与电话告诉我。”他想，说与不说都一样，他没有打算让她还款。在她的一再要求下，他还是掏了一张名片给她。

回来，他讲了此行讨款的遭遇，妻子淡然一笑，就当做一切重新开始吧！没有比妻子的安慰更舒心的了。他们失去了那一笔巨款，只好停了厂子，过另一种生活。

大概两个月吧？他接到一个电话，陌生的。电话那边却道出了他的名字。他想，也许是生意上的朋友吧？现在，连厂子都没有了。紧接着，电话里说出了那天机场的一幕，他的帮助让她得以顺利回家。他才想起那个低低啜泣的女子，平安回家就好，回家就好！

不承想，那女子却说要帮助他。他想，自己连厂子都没有了，就不需要再求谁的帮助了。他怎么也不会明白，那天无意间种下的善果，居然是一枚机遇之果！那女子是台湾一家大型企业老总的女儿，独自前来大陆考察市场，那天的遭遇也不是真的，只是她试探是否有人能够付出一份不需回报的爱心。

也许有人梦寐以求的就是结识贵人，挖空心思地接近他们，而他却在无意间把爱播下就获得了这个机遇。跌倒一次，他一定会有能力做得更好，他想，这是上苍对他爱心的恩赐。

每个人都有梦想

年轻的小妹遭遇婚变，整个人就像一株庄稼，忽然间枯萎了。她不相信那个曾经对自己许下海誓山盟的男人，仅仅几年时间就变得形同陌路，对她的一切都不再牵挂。以前阳光的小妹，失去了活泼的笑声，明媚的表情，虽然让人看着心痛，但又对她无可奈何，劝慰的话语、关心的举动，都不能让她感受到人间的温情。看着日渐消瘦的小妹，家人都格外心痛。

我劝小妹，唯一的好办法是投入地工作，把心中的那份烦忧忘掉，就可以慢慢地淡忘掉往事。小妹说："哥，我做什么也没有精神。"

小妹沉浸在旧情中太深，很难在短时间抽身而退。那天中午，她在我这里悲伤难抑，为了陪她，我停下自己的工作，和她聊天。我明显地感到小妹对自己失去了以往的信心，遭遇此次打击，让她对任何事情都不再抱有热情，更糟糕的是情感的失败摧毁了她的信心。要想让她从情感的阴影里走出来，就必须要让她树立信心，而后再建立起对这个世间一切的热情。

可是，从什么地方能找到契机给她警醒呢？她现在读不进书，听不进话，聊天也只是暂时慰藉她流血的心灵。总不能因为她内心的痛苦，把一大家人都绕进去陪着她长久地流泪吧？那样不仅于事无补,对小妹的情感恢复也没有好处。我领着小妹出去散步,走到小区大院门口,见到一个女子正在那里浇灌一株树,了解内情的人也许会熟视无睹,而小妹却感到惊讶,那个女子因为患有腿疾,走路很艰难,可她还是自己拎着小小的水桶来回地奔波。

我告诉小妹,那个女子不仅腿有残疾,还患有严重的脑瘫,她的家原本是一个乡村小院,因为拆迁,她家的房子拆后重分了一套在一楼的楼房,她浇的那株树是她父亲在世时栽的,以前她不能行走,都是父亲把她放在轮椅里推着四处走的,后来,她父亲去世了,她挣扎着要亲自去浇那棵树,她去浇水的路,只有10多米远,她不停地跌倒,再不停地爬起来,手里的水洒在路上,洒在她身上,她艰难地挣扎着爬到树边,水早已洒光,但是她不放弃,一次又一次地从家里拎着水去浇树,开始,邻居都劝她不要浇了,她不听。她连路都走不好,又如何拎着水去浇树呢?

然而,她不放弃自己的努力,最后居然成功了,你看她现在就是自己拎着水在浇树啊!虽然步履蹒跚,但她仍然做到了。小小的事情背后,却有那么艰辛并动人的故事,小妹听后为之动容。在许多人不相信的背后,一个残疾的女子凭着信念做到了,如果她的父亲在,她或许还坐在轮椅里等待着父亲的呵护,现在,父亲走了,她似乎意识到了自己的责任,没有人相信她能做到,虽然对于常人来说,那是一件非常普通平常的事情,但是,她却通过自己的坚持,做到了。

小妹说:“哥,每个人都要有个梦想才能活着啊!”也许是吧!有了梦想,就有了责任,有了动力,有了需要付出的渴望。小妹很快就投入自己的事业中,从情感的深渊里走出来。也许,小妹找到了自己那棵需要浇灌的树了。

明天的阳光

朋友李响事业有成，年纪轻轻的就房车俱全，令我们这些要好的朋友羡慕不已。那天，在他的生日聚会上，他描绘出自己下一步宏大的事业蓝图，顿时令我们相形见绌。李响是事业上的“拼命三郎”，创业初期并未比我们拥有多少得天独厚的条件，所有的成就在于他不断地打拼与积累，还有他独到的眼光与富有魄力的闯劲儿。

一天傍晚，李响给我打电话，说是他刚买了一套复式的别墅，以后朋友们聚会就可以在他家那幢房子里进行了，大型的观景阳台足以舒适地容纳30余人，是他特别钟情的，高大的玻璃幕墙，可以自由拉动，风可以进来，阳光可以进来，雨却只能在外面成为一道风景，听听音乐，喝杯咖啡，够悠闲的。

这样的景致，是我们10年前的一帮朋友共同向往的，那时的我们刚刚进入这座城市，租住在狭窄的房子里，心中却充满了多彩的梦想。李响对我们说得最多的就是要拥有一套大房子，有一个大的阳台，可以听风，可以听雨，也可以诗意地谈谈哲学与人生。

梦想终究是梦想，我们对房子的向往因现实的残酷而一变再变，面积一减再减，大套的房子变成中套，中套不成就先弄个小套，只要能够安顿下两个相爱的人，再领到一张标有自己名字的房产证，就心安理得了。而李响却对原来的向往始终不渝，那个伸手就可握住阳光的梦想一定藏在他的心里扎了根。

然而，令所有人都想不到的是，李响的大套房子有了，可他却因为劳累过度而在夜间莫名地猝死。那套大房子后来究竟成了什么样子？我们没有人关注。李响提前谢幕在我们心中产生了巨大的震撼，我们只是想要明天灿烂的阳光，那套大房子于我们实在无关紧要。

前几天，我看到李响的妻子(不，她现在已不是李响的妻子了)枫儿，带着他们的女儿在超市里购物，边上站着一位比李响年老许多的男人，那个小女孩甜甜地叫他爸爸，她终究年纪小，也许她已从记忆里把自己的爸爸忘记了。即使她能够记得爸爸的模样，于她又有何益？看到枫儿像挽着李响一样亲热地挽着那个有些苍老的男人，我的记忆产生了错位。

我一点都没有责怪枫儿的意思，更不会埋怨他们的女儿，而那个疼爱枫儿与她女儿的男人也没有错，错的只是李响这家伙。是他把一个完整的家打碎了，留下缺口，留下遗憾。人最幸福的大概就是牵着一家人的手，行走在明媚的阳光里，什么豪宅，什么名车，什么钱财与地位，都是一击即碎的瓷器，昙花一现罢了。

两个人的世界

他们那时候正是火热的初恋，恨不能天天纠缠在一起。他们期望两个人在一起，不要别人的喧哗，不要别人的打扰。两个人，仅仅是两个人的世界，会是多么的奇妙！

他们开车去了远远的旷野，一直开到车子进不去的地方，两个人又步行走了很远，直到车子成了遥远的一个黑点，才选择一个地点停下。两个人聊天，谈情说爱，毫无顾忌地笑，肆无忌惮地接吻，这世界，一切都成为看客，天空飘浮的云，唧唧喳喳飞过的鸟，时有时无的风，轻轻吟唱的芦苇，欢快奔腾的小溪，它们都只能看着他们在爱的海洋里自由地航行。

从前，他们在一起时，要时时担心别人的偷窥，关好门窗，拉上窗帘，连说话的声音都要细细的，房子的隔音效果太差。如今，在这片广袤的田野上，一切都是公开的，却又令他们格外自由舒畅。

整个上午，他们都是这样待在一起，拥抱、抚摸、依偎，即使什么也不说时，相互凝视，都那么令人激动。他们设想，要是在这里建套房子，两个人就这样生活在这里，多好！

他说："在这里生活？不会吧！要去哪里找水？要去什么地方

生火？连柴米油盐都弄不全，甭说洗澡、睡觉了。”

是的，这些问题都解决不了，如何生存下去？

她被他的话提醒了，想想也对。要吃饭，要穿衣，要生病，要求学，要工作，这里怎么会是天堂呢？

他说：“如果这里好，人们为什么偏偏要向高昂房价的城里奔？”

原来，这里的美妙，不过是他们现在浪漫爱情需要的，他们不想别人打扰他们的清静，不要说长久，即便几天，也会发现这里的不合时宜。

两个人的世界，在爱情里是美妙的，在生活中，就有点浪漫过头了。爱情的甜蜜令人暂时忘记了肉体的吃喝拉撒，而肉体需要的是周到的服务，稍稍怠慢，就会令爱情的甜蜜大打折扣。

为什么爱情总是甜蜜，而婚姻却令人丧失激情？因为爱情活在幻想里，婚姻回归了尘世。两个人相爱时，大概不需要世界的，最好的空间都是被两个人塞得满满的。不过，回到生活中，两个人解决不了所有的事情，无论多聪明的人，都需要更多的人相互依靠。那么多的人，各行各业，高尚的、低贱的，卑微的、风光的，组合在一起，才成为这个多彩的世界。所以，爱情的幻想，唯有两个人的世界，只能在想象里浪漫一回，终究不可以放在婚姻里去实践。

你爱的那个人是谁？

兄弟俩只差一岁，一同在外面打工，虽然远离家乡，因为两兄弟在一起，还不算太孤单，他们一起上班，一起下班，在租来的一间小房子里畅想未来。哥哥现实，他知道自己的现状，在这个城市、一无所有，他不敢爱那些漂亮的女孩，他只能“喜欢”一些乡村来打工的、貌不出众的女孩，弟弟却常常异想天开，他对哥哥说：“我要娶一个城市里的女孩。”

哥哥笑话他，“你拿什么爱城里女孩，能在这群打工妹中找一个合意的就算不错了。”

弟弟说：“那有什么意思，一辈子打工，最后还要回到原来的乡下去。”

哥哥说：“你现在有什么？哪个城里女孩子能看上你？”

弟弟不屑一顾地说：“她们现在看不上，以后还能看不上？”

“以后，以后究竟有多远？”哥哥想问，却没问出口。再说：“即使有个城市女孩不管不顾地爱上，可是，拿什么去维护这份爱情？爱情是有成本的，城市女孩的消费，不是他们打工的收入能维持的。”

哥哥务实，在他周围的女孩中找了一个平常的，如常人一样领了证后一起生活。他们打工，过日子，有了孩子后更是烟火气十足。

弟弟却不，他依然有他的城市女孩情结，一个人独来独往。哥哥劝他，找一个女孩成了家，安心地过日子吧！弟弟一笑了之。

哥哥在工厂与家庭里转，他的天空是车间的机器声、孩子的哭闹声，他的快乐是搂着老婆温存。哥哥凡俗庸常，享受着常人的快乐，亦如常人一般劳苦。

弟弟从这个工厂跳到那个工厂，一点一点地寻找机会。弟弟聪明，弟弟在工厂里来回跳动中不断升迁，从一名普通的打工仔，成了车间主任、质检员，弟弟的薪水收入也不断上升。弟弟还会去参加一些大学生组织的文化活动，朗诵诗歌，春天去野外郊游，弟弟还是那个弟弟，哥哥却已是一个8岁男孩的爸爸了，哥哥已经在生活里沉淀下来了。

弟弟后来真的找了一个城市女孩，一个大学毕业在城里工作的清秀女孩，弟弟对她呵护备至。

那时，哥哥就感觉到了不同，弟弟租来的房子里干净明亮，有文化味，像城里人的家。他的家里乱，堆满了便宜货，和乡村的老家没有两样。不过，哥哥想，弟弟能和这个女孩生活得长久吗？哥哥目睹了太多的生活戏剧，悲欢离合，只不过因为经济地位的悬殊，今日欢笑，明日悲哭。弟弟能一生把这个女孩呵护住吗？

哥哥有哥哥的担忧。要是出现那样的情境，哥哥的心还是会痛的。倘若他们生活得很好，也就罢了。

哥哥的担忧没有出现，却有了另一番风景。

弟弟与那个女孩不仅生活得很好，两个人一起奋斗，还在这个城里安了家，小小的安乐窝令人心动，那是在这个城市长期驻扎下来的根啊！

哥哥的生活很是辛苦，日子却无任何起色。弟弟与女孩子却像换了天地，从此没有了漂泊的痕迹。哥哥看着家里的老婆，觉得她什么也不能，比比弟弟娶的老婆，天壤之别。别人什么都能干，她却啥都不会！

哥哥爱上了一个普通的乡下女孩，他就有了乡下生活的翻版，能指望她脱胎换骨？弟弟自己努力，娶的是有文化肯上进的城市女孩，自然有不同的风景。

你爱的那个人是谁？这将决定你未来的生活质量。也许其间会有很多波折，却会根本性地决定将来的人生行走方向。

有的人对爱情是随缘，有的人则拟定了一个模样，在尘世里千寻万觅，宁缺勿滥。有的人是先苦后甜，有的人是先甜后苦。不论怎么样！都与你爱的那个人休戚相关。

女人不哭

她跟着他来到现在的这个小城，远离家乡3000里，就连打个电话，都是遥远的。当初，决定跟他走时，家里人不是没有劝过，要她好好考虑，她这一走，就会抛下所有亲人，还有她熟悉的风景。

她太爱他了，爱入骨髓，她舍不下他。那么，只能舍下她的亲人跟他而走。

一个新地方，一个新环境，只因有了他，她觉得不再陌生。

他们相爱、结婚、生子，生活过得平顺而幸福。他对她说：想辞职自己开公司。她知道他是一个有理想的男人，不会久居人下，在单位里，他的个性鲜明，很难获得领导的青睐。

她支持他。当初，她就因为想和他在一起，宁愿抛下所有亲友，和他来这个小城，现在，她仍然会支持他创业。

他聪明、勤奋、努力，事业逐步有了起色。开始，她会帮他做些琐事，财务上的报表、公司的进货预算，她也能了解到他的公司内情。后来，他的公司渐渐成长，逐渐规范起来，就不再劳烦她了。

她始终没有融入他的公司，一方面她有自己的事业，另一方面他也不想她插手公司事务。

他们的生活一直相安无事。

某日，他说公司亏了。她还不太相信，一直运转正常的公司，不会瞬间就垮掉。他说：是一个部门负责人，伙同外人欺骗了他，签下一份单，却无法完成。毁约要赔巨额款项。

而事实是，他设计把账面做成亏空，只是瞒着她罢了。

她还为他担心，却不曾想过他会要与她分手。她怎么也想不明白，他为什么要和她分手？是她不够好吗？是她做错了什么？

都不是，男人要是有了分手的念头，不需要真正的理由。随便一个借口都可以堂而皇之地提出。

她能如何？这里，没有她的亲友，也没有她的后援，就像排山倒海的巨浪，直向她扑过来。

从未有过的绝望，侵袭她的心头。泪水却都流向了心底。

她不敢告诉远方的父母亲人，一个人默默地选择了坚强。

她与他分手后，开始着手自己的事业。连她自己都没有想到，她原来可以这么能干，从策划公司开始，到跑执照、申请贷款，事无巨细，全是一个人。有时候，危机未必是坏事，可以激发一个人的潜力。

当她把事业做出影响时，也找到了真正的爱情。她的父母还是细心地看出了漏洞，女婿好像变化很大啊？

她说：不是变化，是年轻。

她父母摸不着头脑。只是看到她幸福的笑容，就信了她。她知道父母不会那么糊涂。他们不问，她也就不说。

女人不哭，是女人强大的武器。女人的泪水，可以感动别人，却无法感动变心的人。女人不哭，就是挺起了身躯，自己找到了自信的力量。

水果西施

在小区不远的路边，有一个摆摊卖水果的女子，人长得美，嗓音喊得甜，来买水果的人就呼她水果西施。

她的水果摊上品种多，又新鲜，谁想买都可以先尝后买，吃着不合适，完全可以掉头就走。

现在的水果，看着完美，尝起来未必可口。个儿大，颜色鲜丽，却味儿不正，口感不纯。许多水果仅看外表，买了回来却不愿再吃。

有了先尝后买，就不怕买回的水果不对口味了。不像有的摊贩，会把水果调包，总会想方设法弄些不好卖的掺杂进去，她却是诚实守信，量足、价实，买的水果又很对口味，她的生意居然很红火，客人络绎不绝。

有一天，她摆摊迟，有几人想买她的水果，却找不到她。直到快10点时，才见她开着一辆装满水果的三轮驶过来。为了找到更好的水果，她去了乡下果园，亲自采摘这些水果。看着水果上鲜活的枝叶，顾客更是有了品尝的欲望。

久了，她就成了附近的一道风景。虽然没有固定的门面，但是在人们心中，她的真诚与热情有了位置。

某天，看到她身边多了一个男人，坐在轮椅上帮她看秤。见有人面露疑惑，她倒是坦言，“这是俺男人！”男子面色稍有羞涩。

水果西施说：“她的男人原来是贩水果的，家庭小日子过得挺好，比村里其他人家都殷实。变故是在男人一次贩进水果的路上出了车祸，一车水果损失是小事，男人也被压折了双腿。”

原来，男人是没有了生活的信心，她给他鼓励，并且接下他的摊子，摆在这个小区的附近。在她的努力下，日子有了好转，男人也有了信心。不肯出门的男人，在她的多次鼓励下，也来到她身边帮忙。

以前，水果西施边帮客人挑拣水果，还要称秤、收钱，现在有男人帮忙，她就可以轻松些了。

男人在她的鼓励下，也找到了自己的价值，多了微笑。

有人的爱情，多的是算计、欲望、利益、享受，倘若缺失了，就消失了所谓的爱情；有人的爱情，是相依相偎，不离不弃，对方遭受再大的苦难，也与自己息息相关，一起去承担。

吃水果西施的水果，不仅品尝到那些水果的正宗口味，也尝到了爱情的甜蜜。

美好的爱情，不仅仅是物质的享受，更是精神的支撑与相依。两个人，相依相偎地扶持行走，足迹、背影，所有细节都是对爱情的诠释。

要现在，还是未来

在人潮如涌的超市，他一眼就认出了她。虽然8年过去，她在他的眼中依然是那么熟悉。她望着他，也认出了他，嘴角露了一丝惨淡的笑意。他看到她穿着旧的外套，衣领已有些残破，发丝零乱。

他向身边的妻介绍说："这是琳，以前的朋友。今天巧了，在这里遇着了。"其实他省略了一些内容，她不仅是以前的朋友，更是以前曾经倾心相爱的恋人。直至今日，他还经常在梦里遇到她。

年轻的她是骄傲的公主，家境优越，衣食无忧，大学毕业后，父亲人脉资源丰富，进了一家银行，工作轻闲，薪水丰厚。

那时的他，是从农村刚进城的小伙，除了一腔热忱外，一无所有。一次机缘巧合，他们相识了，她欣赏他的才华，还有他的机智，他当然也对她的美貌与气质动心。他们偷偷地相爱了，那时，他们对爱情很单纯，以为两个人相爱就可以了。等到她的父亲洞察时，她已沉入爱河而不能自拔，她觉得他是那么可爱，才华横溢，仪表非凡。而她的父亲一口回绝，这些都是没用的东西，他有什么可以爱你？他有房子吗？他有职位吗？他有钱财吗？

面对父亲一连串的问话，她答不上来。他真的没有，什么也没有。他的工作普通，他的收入微薄，他在这个城市更没有什么亲友可以提供帮助。

孤零零的一个人，要想成功，比登天还难。父亲教训她。那么，你爱上他就是爱上了难题，你将来的房子，生活，包括未来的一切，都要在困难中度过，争执是必然的，难题是无法解决的，那样的生活还有什么爱情？

不知道为什么，本来还有满腔的爱意，被父亲这一盆冷水浇过，一下子凉掉。她一直生活在父亲的羽翼下，她不敢想象以后的生活，如果事事都必须她亲力亲为，如果困难重重，那将是怎么样的生活啊？

当她想明白这些之后，忽然没有了当初盲目的爱情。这“盲目”是她于瞬间发现的，她真是幼稚啊！于是她听从了父亲的建议，重新爱上了父亲一个朋友的儿子，他们家不仅富足，而且有权力。

从此，她与他不再见面。

一晃8年过去。

一切不是她父亲设想得那样。她的生活并没有如意，当她结婚后不久，父亲忽然离世，紧接着，她的公公因贪污锒铛入狱。在父亲光环下生活的丈夫从此委靡不振，生活逐渐艰难起来。

他却不一样，经过进城最初的艰难之后，他用自己的才华与勤奋，一步步打拼，事业有成，生活逐渐好转。就像演戏一样，仅仅8年时间，他与她就进行了置换。

她当初也曾爱上他的才华，还有他的真诚，可是她不敢要他虚无的未来。在父亲的指点下，她对他的未来没有了信任，自然不可能执著地许诺爱情。

爱情与幸福，是每个人都渴求的，但是更多的人只需要当时的一切，不敢投入更多的耐心与信心期待一个未来，即使是面对一个潜力巨大的绩优股。低价时买进，长期持有，才会得到利润可观的收获，倘若只愿意寻找看得见的优势，那么搞不好连当时的优势也不复存在。

现在与未来，你想要哪一个？

一个是看得见摸得着的，一个是有较大风险的需要长久的期待。

更多的人选择现在，不要未来，那么未来的丰厚回报只能给敢于投入的人去捕获。爱情、前程、经济，一切一切，都是如此。

野百合也有春天

小莉在公司里从最底层干起，那时的她只有高中学历，在这个公司里只能干些端茶倒水、打扫卫生的活儿。不过，小莉聪明，她高中毕业以后本来可以继续读书的，可惜家里没有钱供她，再大的梦想，在现实面前也要屈从，她对父母说：“我要出去闯一闯！”老实巴交的父母没有什么主见，也不能给她多少建议，母亲从箱子底掏出200多元钱塞进小莉的手里，泪水就忍不住流出来了。

小莉随着人流来到南方的这个城市，躲在车站候车室里睡了十多天，每天清晨出来找工作，晚上去那里的长椅上休息，可以节省点钱。后来，这家公司接纳了小莉，是因为她做事麻利，很是勤快。

这个公司里，多是年轻的女性，虽然与小莉的年龄差不多，身份却大不同，她们是公司里的精英，而小莉却是一只丑小鸭，她们对她呼来唤去，“小莉，把垃圾倒了。”“小莉，过来一下，把这份材料送给经理。”她们这样呼唤的时候，一切都是天经地义，小莉是勤杂工，就是做这些琐碎底层的事情。

小莉在做这些事的时候，也在想着，什么时候可以像她们一样，在电脑前敲敲打打，把一份份表格或材料做好，送给经理审阅，而后就可以领到丰厚的薪水。小莉在做勤杂工时，不断地熟悉身边的一切，她还抽出时间学习，这里的白领丽人，虽然对小莉呼来唤去，可当小莉问什么问题时，也很乐意为她释疑，这使小莉进步很快。

又一次，公司招聘，小莉也报了名。主管看到小莉，笑了笑，我们招的是技术人才，小莉说："我想试试。"说着就把需要的证件都掏了出来，一关一关地考核，一关一关地过，居然让她过了好几关。

小莉和她们一样成了一位白领丽人。不过，小莉还是习惯做一些力所能及的卫生工作，有时新来的勤杂工忙了，她也会帮着打扫一下。有时，她们习惯了喊："小莉，帮我拿只杯子。"说完了，又感到不适合，可小莉已把杯子给递过来，茶水泡上了。

有同事向小莉讲职场生存之道："你在什么位置上，就做什么事。你以前是勤杂工，做那些事正常，现在是技术人员，就要顾及身份，不能听从别人的吩咐。不然，有失面子。"小莉粲然一笑，"没什么，不忙的时候帮着做一下，方便得很，又照顾了别人。"劝的人就不可思议地摇摇头。

小莉的工作做得很出色，加上她与同事关系融洽，深受大家喜欢。年底的优秀员工，第一次把她的名字排在了头排。

有一次，她们技术部领命设计一款新式机器。技术部人员加班加点，最后做了出来，主管也非常满意，进行最后一次讨论时，大家都兴致很高地等待表扬，主管在例行征询意见时，小莉却提出了这个设计有问题。大家的目光齐刷刷地盯着小莉，那眼神仿佛在问："小莉，你在干什么？这是大家努力的结果，你否定了就是站在了大家的对立面。"小莉侃侃而谈，讲了这款设计虽然外观线条流畅，也达到了节能20%的要求，可是新款却降低了安全系数，一旦产品推出，会出现意想不到的后果，倘若现在轻率地通过，那么会给公司带来巨大的损失。等她讲完，技术部的人也意识了问题确实存在，主管听了她的话后面露笑意。

后来，这个曾经宣称独身主义的主管，居然爱上了貌不出众的小莉，并执著地宣称非她不娶。

在他们的婚礼上，主管一语道破天机，不是大家不懂那个破绽，是他们一起做好的一道试题，考验小莉的技术水平到底能否胜任技术部的工作！虽然经过了公司的层层考核，可许多同事想到小莉原来是一个勤杂工，怎么也不能拐过心理那道弯。想不到小莉在回答问题时，那份认真与沉着，还有她对事情敢于负责的精神，一下子打动了主管的心，让他动了心。这样的结局，是小莉怎么也想不到的。

谁说一切命注定，敢去打拼才会赢。

JINGPINZHENCANG

第三辑

杯水人生

把生命的某一瞬间定格，就会发现日常的生活也有精彩的篇章。不要忽略那些细微的片断，漫长的人生就是由这些细小的片断堆积而成的。一杯水可以折射人生，一句话可以映现内心，一件事可以判断命运，关键时刻，就是那些不起眼的细节决定的。

喝白开水的幸福

去医院看望一位朋友，走在医院的楼道里，雪白的墙，不停穿梭着穿白衣的大夫护士，荡漾着一种对脆弱生命的无助与恐惧。

朋友很年轻，是位活泼、有生气的一个小伙子，但是，当我在医院的病床上看到他时，我不敢相信自己的眼睛，一个月前还活蹦乱跳的人，现在躺在那儿一动不动，脸色苍白、憔悴，见到我们进来，只是眼神流露出欣喜，因为全身插满了输液的皮管，人躺在那儿就无法动。

他的肾出了毛病，现在已经非常严重，不能排尿，需要每天做透析。我看到他把大把的药粒放进手中，然后一起放进嘴里，缓缓地咽一口水，却不能把那么多药粒送服下去。就问他：“为什么不多喝点水呢？”他痛苦地摇摇头，“水不能多喝，喝多了增加肾脏的负担，更难受。只能尽量不喝水。”可是，有时实在口渴得厉害，只好用水湿一下唇，或者含片薄薄的苹果在嘴里，滋润一下干涸的嘴与口腔。

朋友的肾病现在到了晚期，即使现在的透析也只是缓兵之计，治疗需要换肾。可是目前没有合适的肾源，即使找到肾源，还要看血型是否配对，还有几十万元的治疗费用，这些都是他求生路上的障碍。

可是病却不会给他更多的时间去等待，情况一天天糟糕起来。

朋友是有追求、有野心的人，身体健康时，他一手舞文弄墨，搞得声名显赫，一手商海练兵，也是一帆风顺，本打算这样操持几年就会拥有一定的资金，放手去做自己喜欢的事情，可是天不遂人愿，就在一切朝着好的方向发展的时候，他忽然倒了下来，许多梦想、许多愿望都戛然而止。先前积攒的财富于瞬间灰飞烟灭，还有一直自以为很棒的身体原来竟是这样的脆弱。

面对朋友，我知道他一直是坚强的，可是此时此刻，许多安慰的话是多余的。健康的身体是奋斗、拼搏的基础，如果没有了健康的躯体，事业的大厦就会顷刻间倒塌。倒是朋友反过来对我们这些来看望他的朋友说起了肺腑之言：人，一定要有一个好身体。就像现在，口渴得要命，却不敢喝水，这种痛苦谁能理解？这不是在茫茫的沙漠，无水可喝。而是遍地的水，却不能喝啊！如果能有机会重新来过，他一定要尝试大口大口地喝白开水，那该是多么幸福的事啊！

人生的幸福竟然如此简单，只要大口大口地喝下白开水就满足了。可是，这样的幸福，有多少正常的人能如此深刻地体会到呢？

卑微的善良

一辆黑色的奥迪迅速地冲出医院大门，欲拐上人行道，瞬间，一位正在行走的老人被车撞倒在一边。车向后倒了一下，司机根本没有下车，只是向左边打了一下方向，准备避开老人行驶，医院门口许多人都看到了，老人就是这辆黑色奥迪轿车撞倒的。先是一位在医院大门边上卖茶叶蛋的老奶奶挺身而出，拦住了车子，路不宽，中间站着一个人，这车就再也没有余地可以行驶。

被撞倒的老人在地上歇息了一会儿，自己站了起来，只是有些踉跄，身上沾满了泥土，司机仍然不可一世静静地坐在车里打着电话。这时，车的前面已经站着好多人了，卖报纸的老大爷、清洁工阿姨、修车的中年人，他们静静地站在车前，用一种愤怒的目光盯着车子以及车里的人。

被撞倒的老人走过来，有人关心地问他："伤得怎么样？"他甩了甩胳膊，然后又用力扭转了一下腰身，没有什么大碍！他说得坦然。

这时，有人拨打了报警电话，有人劝老人去医院检查一下。这是车撞的，当时可能没有什么感觉，也许过了片刻就会感到难以承受。医院近在咫尺，还是去彻底检查一下才放心。车里司机原来不可一世的模样消失了，却依然不肯下车带老人去医院进行检查。与车前站着的众人相互僵持着。

最先站在车前拦车的卖茶叶蛋的老奶奶激动地说：她的老伴也是被一辆车撞倒的，当时他没觉得怎么样？稍等了片刻，感觉没有大碍就让车走了，可是，就在他准备转身往回走时，却又猛地摔倒了，倒下就再也没有醒来。那车再也没有露面，自然甭指望有人过问。想起来就令人心痛，老伴是多么好的人啊！可是，他早早地走了，现在想想都后悔，要是他当时就去医院检查一下，说不定就可以挽回老伴的生命。

车前的人七嘴八舌地谈论着关于车祸的话题。交警也在片刻之后及时赶到，询问了经过后，并勘察了现场，让惹祸的司机带着老人去医院检查一下身体。司机不情愿地嘟囔着，但在众人的目光逼视下仍然无奈地带着老人去了医院，医院门前暂时恢复了平静。

不大一会儿，司机带着老人走出医院，值得庆幸的是，老人身体并无大碍，只是软组织受了些轻伤。见老人身体无妨，交警就撤离了现场。那司机像是松了口气。

那些摆摊的又回到自己的摊位前，斤斤计较地做着自己的小生意。茶叶蛋1元一个，报纸1元一份，他们在赚着辛苦的零钱，修车的师傅挽起了衣袖正在用力扳一根螺丝，清洁工阿姨扫去地上的垃圾，也扫去了刚才的痕迹。他们这群卑微的人，就像大海里的一滴水，散落在生活的各个角落里，各就各位，而有时，当他们的善良凝聚到一起，就是一股巨大的不可忽视的力量。

缝隙

鲁迅说："时间就像海绵里的水，只要愿意挤，总是有的。"海绵里的缝隙有很多，想把水分挤干不太容易。不过，马克·吐温对自己写作取得那么多的成绩，是这样描述的，"哪里有什么天才？我只不过把别人喝咖啡的时间，都用在了写作上。"

可见，凡是做出成绩的人，都是善于把各类缝隙填满的人。

看过一个实验，一杯装满了碎石子的玻璃杯，教授说："这个杯子满了吗？"学生们看后，都说："满了！"教授却从容地倒进了半杯沙子，然后，教授又问学生，"这下杯子满了没有？"学生们再次回答，"满了！"话语刚落，教授又倒进了半杯水。

只要有缝隙，就不会装满，而缝隙却无处不在。

工作太忙，我们没有时间做自己喜欢的事。下了班，应酬太多，杂事太多，我们没有精力去追寻梦想。果真是这样吗？

人，在世上活着，固然要做自己并不太喜欢的事，那是一份谋生的活计。剩下的时间，可否应由我们自由支配？

不是的，大家忙着交际，忙着赶场，忙着各种圈子，忙着寻找开心，还有许多无所谓有无的事，牵扯着我们。人在社会，就像一只陀螺,旋转的速度,只能跟随着别人的节奏。

为什么要这样呢?

为了机遇,为了升迁,为了人脉,为了未来,还为了什么?说到底,就是为了活着,为了将来能够活得更好。

人们把开始的理想、信念忘得一干二净。

成功有很多定义。并非交际圈广,人脉资源丰富,权力大,财富多,就是成功。如果能静下心来,做自己喜欢的事,喜欢音乐的,可以弹弹琴,敲敲鼓,吹吹笛子,也可以放开喉咙,高歌一曲。纵然无人喝采,也可以愉悦自己疲惫已久的心灵。

如果喜欢下棋,可以在广场、在棋室,与人切磋一番,楚河汉界,尺寸之间,风起云涌,惊涛骇浪。

如果喜欢发明,不必要花大价钱购买原材料,尽可去旧摊上寻找零件,别人眼中的废物,在智慧者这里却是宝贝。创意无价,智慧的火花闪烁着无尽的价值。

……

人生是短暂的,短暂的人生里藏有诸多缝隙,如果我们不好好地填满它,匆匆的一生又能绘出怎样精彩的画卷?

不要人云亦云,不要在意别人的褒贬,不要对过眼烟云般的所谓潮流趋之若鹜,静下心来,想想自己这一生究竟想要的是什么?然后好好地规划人生,在自己的那片天地里辛勤耕耘。

只有这样的人生,才会在最后用收获的果实把自己那个杯子装得满满的。倘若为了世俗的热闹,匆匆忙忙的一生中四处都是支离破碎的遗憾,悔亦晚矣!

执著

很小的时候就喜欢书，捧读一本书，能从里面找到太多的快乐。10岁的时候，从居住的乡村去县城书店，10多里路，母亲不放心，不让我去，无论我怎么诉说自己的心愿，也难以得到母亲的批准。等母亲去田地劳作了，我偷偷地动身去县城，中午的饭就免掉了，有书读就不会感到肚子饿。晚上回家，母亲并未发现我的行踪，暗暗的担忧就放下了。

后来，去书店看书，成了习惯，母亲也就不再加以阻拦。10里路，从10岁一直走到17岁，寒假走过，暑假走过，晴天走过，雨天走过，路上有脚印，有知识的痕迹，还有执著的步履。旧城的老书店虽然拆迁了，但我的记忆里仍然留着它的面貌，也许，那些与书店有关的建筑，包括它的砖头瓦片，厅堂里来来往往的人群与面孔，将与书一起活在我的记忆中。

后来，我去淮阴读书，学校的图书馆成了我最好的去处。我第一次发现，居然有如此多的书可以借来读，那时的青春时光是多么饱满啊！因为书的滋润，我愈发地觉得青春是多么值得回忆的事。在这个图书馆里，我呼吸到更为新鲜的空气，是它带着我走向了遥远的殿堂，我由此结识了马尔克斯、杜拉斯、伍尔夫、川端康成，也熟悉了王小妮、舒婷、海子、西川、马铃薯等。如果说小时候在家乡的阅读，让我懂得了有比狭小的生活更广博的世界，那么，这里的一切，则让我开始有了向上登攀的台阶。

从学校毕业后，去了船上工作，我最喜欢的去处是书店。别人在上海外滩留恋那里迷人的风景，我则去城区小巷里找到一家二手书店，埋头读到黄昏，掏空了腰包拎回一大捆书。在苏州甪直，我最先寻觅的是老作家叶圣陶的故居，在那个绿荫掩映、小桥流水旁的旧居里，我虔诚地叩响文坛前辈的房门，我想象，几十年前，这里是叶老进出的地方，写作的地方，那么多脍炙人口的作品就是面对这些风景从心灵里流淌出来的。

当我对读书、写作的生活有了更多的需求时，我不能满足业余的零碎时光，我需要大把的完整时间来耕耘文字。与文字恋爱，触摸、拥抱她的肌肤，在文字里纵横驰骋，抵达她的灵魂深处，是我最为放纵的快意，从此，我舍去尘世里蝇营狗苟的一切，醉心于文字世界的清澈。一本本喜欢的书被邀请上书架、床头，与我同床共枕，有红袖添香的柔婉，也有大江东去的放歌，在书里欢喜，在书里悲伤，有时击掌赞叹，有时拍案而起，有时会心一笑，有时黯然神伤。

2010年初春，我像一只终年吐丝的蚕，把多年的心血结集成书，捧着那本属于自己的书，看着那个熟得不能再熟的名字，有泪水潸然而下。在书店里，遇到一个买我书的年轻女子，真的想上前与她交谈几句，不用告诉她我是这本书的作者，只是想听听她选择这本书的理由。也许，她的任何话语，都可以让我感动，那是她对我思想的喜欢，对我劳作的尊重。

第一本书是第一级台阶，下面会有第二本、第三本，一级一级地垒起来，给我向上行走的空间。我愿意一直走下去，直到死去的那天。

杯水人生

一杯水，静静地立在桌子上。玻璃的杯子，清澈透明。

氤氲的热气在杯子上方盘旋，似奔涌的激情，更是向上的力量。微卷的茶叶正被开水的温度与热情浸泡开来，慢慢地舒展自己的身姿，在一杯水里开始生命的舞蹈。

有了温度，有了热情，就有了生命的活力，茶叶与水开始了共同演绎的生命之旅。

纯净的白开水有了颜色，绿的，淡绿。茶叶在水中翻滚、涌动，那是一场舞蹈，她们在想象着自己美好的未来。

一切的开始，都是充满了美好的遐想，事物、人生，因此，激情荡漾。

水的颜色渐深，由淡绿转浓。

热烈旋转的舞姿缓慢了下来，茶叶舒展着身姿落入杯底。有几叶不肯沉降，还在水中浮动。

一个年轻人，举起杯，轻啜茶水，享受着茶的清香，水的柔润。不是喝，举着杯子，就那么轻啜，是一种人生的姿态。喝茶，都是在品人生，在悟世事，不急不徐，轻啜茶水，在口舌间细细回味。

开始，还会吹一下浮在水面上的茶叶，直至所有茶叶全部落入杯底，端起来，就是一口，温度也正适宜，口感也好，不浓不淡。

几口过后，杯里的水已去了大半，续水，热气依旧翻腾，却少了风景，茶叶待在杯底，没有了激情，翻起的只是沉渣，茶水的味道也弱了许多。不过，喝着，还是有几分滋味。

没有了开始的细品，也没有了轻吹浮起茶叶的兴致，喝的是茶水，也似演绎的平淡人生。

第三遍续水时，只剩下淡绿了，明明是一杯水，却只见半杯，底下是半杯茶叶，似水底浮起的杂草，遮天蔽日。

味儿淡了，茶水也在杯里杯外地倾洒，少了仔细、认真与关注。

恍惚间，才明白，一杯茶就要结束了，再也没有续水的可能。略有些不舍，想尽量延长些时间，多点生命的长度。然而，生命的热量却似乎不等待，一点点地散去，由热、温、凉、微凉直至冰凉，再也留不住了！

生命亦似如此，该做的时候，就需要尽心尽力，不能等待，不能彷徨，沿着自己设定的目标，努力地攀登，若踌躇、若犹豫，即便有时日，也未必有生命的激情与热量去完成。

杯底的水，与残剩的茶叶，都变成了生命的垃圾，纵使不舍，也只能倾入垃圾桶中。

一杯茶的开始，就注定了一杯茶的生命。在激情、热量里，可以尽情去舞蹈，一旦失去了生命的热量，一切都结束了。

从开始的绚丽，热切，到最后的杂乱、惆怅，写尽生命的画面。怎么样的一生，都是自己决定的，在能尽情演绎的时刻，把握好一切，去做好完善完美的自己。

河那边的风景

在我们学校高高的围墙后面是一条宽阔的大河，河水常年奔流不息。

河上没有桥，只能站在河这岸望着河那边的风景。因为河面宽，看对岸的风景就不是太清楚，只见河对岸的花儿开了又谢了，满树的果子渐渐地青了、黄了、熟了，香味四溢。每次在河边都会伫立良久，很想到河对岸去看看，可是河面很宽，附近又没有桥，更找不到渡船。

我们只好经常站在这岸向着那岸眺望，在心中想象着河那边的情景，那些散发着香味的风景和果实把我们的想象渲染得五彩缤纷，好像河那岸就是人间最美的仙境。所有的一切在想象中越来越完美，越来越充满了诱惑。

后来，终于忍不住坐了车，绕了近10里路到达河对岸去看那个朝思暮想的风景。当我们站在那片风景前，心中的失望油然而生，穿过那片树木，眼前见到的竟是无比落后的乡村，许多破旧的茅草房东倒西歪，乡村固有的脏乱一下子粉碎了心中由想象描绘出来的超越世俗的美丽。心中留下的只是深深的失落和懊悔。

如果不去看，那些风景在我们眼前还是美的，看过后却留下了残缺和失望。这就像我们后来发生的故事一样。那时文学是一件令人景仰的事业，如果谁能在省报哪怕市报的副刊上发表一篇作品，就会得到诸多的赞誉和羡慕，我们一群人也在狂热地做着作家梦。

我们热情洋溢地投稿，满怀期望地去买每周一期的报纸副刊，这期没有，一阵小小的失望过后又憧憬起下一期来。最终我们谁也未能在报上发表只言片语。这时，我们认识了一位作家，他的大名在我们的那个小城区简直是如雷贯耳。我们和他拉上关系后，直接把自己的那些稿子先让他过目。说也奇怪，原来我们的稿子投出去总是石沉大海，但在他的指教下，我们中不少人开始把名字变成了铅字，而且密度越来越高。

这样，那位作家就成了我们心中最美的那片风景了，我们对他崇拜得五体投地。像他一样洒脱地生活，成了我们那群人追求的最终目标。

不知何时，我们中的一位“未来女作家”就悄悄地瞒着我们走进了那片“美丽的风景”里去了，挤走了那位作家的黄脸婆，荣任新媳妇。

后来，我们这群人有的离开了写作的圈子，有的继续为实现那个作家梦而奋斗。只是没多久，那位只身去“欣赏风景”的女青年很失落地同那位作家分手了。她对我们说，当时在她心目中无比美丽的作家实在没有任何美丽可言。那些令人心醉神迷的作品背后，藏着作家不为人知的另一面。他不讲卫生，一个月不洗一次澡，爱抽烟却从不刷牙，嘴里成天散发着无法忍受的怪味。夜里睡觉还会孩子似的梦呓，而且脾气古怪……总之是缺点早已淹没了作家头顶的光环。

许多时候，那些美丽的风景只能观望而不可深入，如果你执意进入，不但不能领略到你想要的美丽，还会破坏心中固有的美感。当年，如果不去河对岸，也许那片风景至今在心中还是美丽诱人的，或许由于时间久了，想象会把它们描绘得更美也未可知。

把阳光还给我们

不知什么时候，我们楼房的东面矗立起高高的脚手架，起初人们都不明白这是做什么用的，可是，当某一天阳光应该升起的时候，却没有准时来到我们的窗前，才明白这是一块巨大的广告牌。这块高30米、宽50米的巨型房地产广告牌巍然耸立在我们楼房的东面，把风、阳光，还有我们眺望的视线都隔离开了。

自从这块广告牌竖起来后，从早晨到中午的阳光就不再光临我们的房间，原来清晨阳光总会悄悄地从阳台溜进来亲吻我们，现在它们直到中午才懒洋洋地光顾我们身边。孩子们不高兴了，老人们气愤了，家庭主妇们烦恼了，那么好的阳光都被谁收藏起来了？我们要找它要回来。

那块巨大的广告牌上除了房地产商的宏图外，右下角还有制作广告牌的广告公司地址与电话。人们来到广告公司，愤怒地质询公司人员，为什么在没有小区人员允许的情况下制作这样巨大的广告牌，把我们的阳光都遮住了？广告公司开始不愿答理这群愤怒的人，可是他们没有作出合理的解释，就无法正常工作，只好抛出是城管部门联系他们制作的。

当人群涌向城管部门后，得到的是敷衍了事的答复，没有处理问题的步骤，也没有谁牵头解决这个问题。后来，有知情人明白，这是当地政府部门安排城管部门搞的，是为招商引资而来的房地产商树立形象、扩大影响。城管部门也是“照章”办事，无可奈何。

导火索烧到当地政府部门，负责此事的领导即刻召见了群众。听取了群众的意见，也讲解了政府的良苦用心。这是政府部门的招商举措，引来了资金，开发了城区，美化了环境，改变了居住条件。道理说得很明白，情况讲得很清楚，可是怎么不把阳光还给我们呢？人们提出了自己的疑问。

领导慷慨陈词，同志们，你们要理解政府的苦心，多配合政府的工作，牺牲一点自己的利益。房地产商在这里开发不是一辈子，也就是几年时间，当那片房子建好后，不要你们提意见，也会拆除那块广告牌的。领导心中记得许多利益，可是忘了在那块广告牌后生活的群众的利益。

“那是几年呢？”有人在下面发问。“大概要4年吧？”回答的人底气明显不足。几年？怕回答的人自己也不清楚。下面的人群愤怒了。4年，我的孩子整个童年都会见不到清晨的阳光，他们会发现童年的阳光都丢失了。老人会在盼望阳光中破坏温暖的心情，那没有阳光的上午如何能够完整地与下午衔接？没有阳光的亲吻，家庭主妇的衣物如何晾晒？

后来，这个看似不起眼的问题，被群众反映给了一家报社。摄影记者站在楼房的阳台上拍了一张照片，场景很阴暗。标题是：我们的阳光哪里去了？这个问题得到上面政府的重视，冲破重重阻力，巨大的广告牌被拆除了。

阳光又在清晨照射过来，孩子们从窗子中伸伸手就能握住亲切的阳光了，老人坐在阳台上就能与阳光拥抱了，还有那些花花绿绿的被褥、衣裳与阳光轻舞了起来。把阳光还给我们，生活充满了美好。

生命的需要

他很善良，乐于助人。

朋友、邻居、亲人，只要对他有所要求，他都会力所能及地帮助。陌生人向他求助，只要方便，他也会毫不犹豫地伸出他那双热情的手。人们习惯了他无私的帮助，有他在，就有温暖的氛围。

那天早晨，对门的邻居遇见他，热情地打过招呼后，欲言又止。他问，“有什么需要我帮助的吗？”

邻居见他热情的样子，就说：“家里装修，需要买电线，等着用，自己却出差，想请他帮个忙。”

在他上班的大楼不远的地方，有一家专营电线的门市。他找到了邻居需要那种型号的电线，本想下班后再过来取，可又怕耽误时间，他还要赶着去接放学的儿子回家，当时就买下了。

原想把电线放在一楼熟悉的同事处，可是不巧，同事外出了，门紧闭着。丢在下面别的地方不放心，他就把那盘沉重的电线搬上自己办公室所在的八楼。

那盘电线放在办公桌边，很显眼，来来去去的人习惯了原来宽敞的过道，现在让一大盘电线占据了半壁天下，就会发出几句怨言：

“这是谁的电线？放在这里碍事！”

他就赔着笑，把那盘电线朝办公桌下硬塞进去。

他总觉得今天有点不寻常，却又不知是哪里出了问题。空气中都有股怪怪的味道。

那股味道起初还似有似无，淡淡的。

片刻，就浓烈起来。楼道里有杂乱的脚步声，喧哗声，惊慌的奔跑声，在过道里奔过去又回来，烟雾伴着尖叫声一起飘了进来。他意识到，失火了！

电梯的方向已是浓烟一片，分不清有些什么，可以模糊地看到倒下的黑影。

他感到窒息，不停地咳嗽起来。

刚才的惊慌奔跑脚步声，尖叫声，瞬间都消失了。

同事们都已逃离了？他刚才只顾埋头做事，等危险降临才发现自己身陷其中。

远处，有隐约的救火车尖锐的汽笛声划过灰色的天空。

他打开窗户，发现楼下已站满了观望的人群。他看到别的窗口有人往下跳的身影，紧接着就是呻吟声。八楼，跳下去就能活命吗？刚才那呻吟声让他觉得受伤的仿佛是自己。可是，他来不及多思考了，他已明显地感受到呼吸的紧迫。

瞬间，他的目光定格在那盘电线上。是的，这盘电线在提醒他，那层白色的线皮让他清醒，这是一盘铜芯线，足够承受他的体重。他把一头固定在窗棂上，然后用力把那盘电线推下去，他费力地爬出窗，抓紧了电线，在手里挽了一圈，而后慢慢地下滑。

风，火热的风，炙烤着他。那是燃烧的火焰卷起的风。他的出现，让下面观望的人群发出惊讶的呼叫声，他渴望着回归平静稳妥的大地。

八层楼，20多米高，却让他感觉是那样漫长，像是经历了长长的一生。

大火最先封堵了电梯的出口，接着大火燃起的浓雾遮住了整栋楼房。那天，他是整座大楼里唯一安全逃生的人。他一直觉得，不是那盘电线救了他，而是他一直以来的善良化作了那根从天而降的电线，让他安全地离开烟雾弥漫的火灾现场。

生命，有时需要的仅仅是一盘毫不起眼的电线。有了它，就可以远离酷烈的灾难。

玻璃茶几

新房装修好后，陪妻去购买家里需用的家具，在三楼的商场里妻和我都看中了一款式样新颖的玻璃茶几，很清秀地鹤立于一群家具里，就像初长成的少女般亭亭玉立，透明、纯洁，不沾染一点世俗的灰尘。玻璃的花纹若隐若现，从不同的角度会看到不同的景观。我们当时立即被这只茶几吸引了，毫不犹豫就掏钱买下了。

买回来后，摆放在客厅里，果然气派而又不俗，给客厅增添了不少浪漫的气氛，在上面摆几束花，泡上杯菊花茶或者咖啡，这时若打开音响，在一种浪漫情调里聆听喜欢的萨克斯《回家》，简直是超级享受，心情会和那些透明的物体一样澄澈、清纯。

玻璃茶几带来的感觉很美，上面即使落下灰尘，也可用柔软的布轻轻地拭去，即刻光亮如新。好的心情持续了多天，却在一个晚上被不小心打破了。那天晚上，加了好长时间的班，回家后顺手将一杯刚加满水的杯子放了上去，只听“哧”的一声，我还在东张西望寻找声音的来源，拿杯子时才发现玻璃茶几上裂开了一条细细的缝，心情一下子被破坏了。好在裂缝只在茶几的一端，想方设法去掉了那块裂缝，又给另一端去掉相同尺寸，才勉强能够在客厅里继续待着。

此后，再也不敢随手在上面放些热气腾腾的东西了，哪怕再累，也要先找来木垫子放在下面。偶尔有朋友来，还要小心翼翼地提醒他把杯子放回原位，不能直接放玻璃茶几上，原来轻松谈着的话因多了这句善意的提醒一下打了个磕，不再顺畅了。

还有一次，顽皮的儿子在客厅挥舞棍棒正在兴头上，却一下子敲破了茶几，望着站在满地碎玻璃中的儿子，倒没有心疼那张破碎了的茶几，而是担心碎玻璃是否扎着了儿子娇嫩的皮肤。等我小心翼翼地把儿子抱过来，再打扫完地上的碎玻璃，忽然有一种如释重负的感觉，这原来看着十分中意的茶几终于彻底完蛋了，真好！不用再小心翼翼地围绕着它，呵护着它了。

下午，就去重新买了一张木质结构的茶几，放在客厅中央时，我知道它暗淡，没有玻璃茶几那么光亮、透明，可是它结实、耐碰，不用担心它发脾气或者报复，就这点也会感到可爱了。不知为什么，我忽然想到那张碎了的玻璃茶几好像是一个美丽、妖娆的婚外情人，看着可爱与美丽，你要是真的爱上它就会有没完没了的麻烦；而那木质茶几，笨笨的模样，看着心中也没有什么激动的感觉，却和自己的老婆一样，会对你死心塌地地好，没有一点后顾之忧。

瞬间

说不上有多爱他只是，到了现在这个年龄，再也不能寻寻觅觅地找下去了，她眼看着许多朋友因为太挑剔，把自己找成了“剩女”。

她和他在一起，平淡，他就像一架稳妥的机器，设置好了程序，有条不紊地向下进行。两个人总是她问他答，简洁、干净，连一个多余的字都不愿说。

有时候，她也懂得他的稳重、向上，却怎么也找不到爱的感觉。两个人，就像两条铁轨，并列着，却不懂得交集。

她想：如果要有更好的选择，她一定不会跟他在一起。

现在，两个人却要这么僵硬地纠缠在一起。她觉得心真冷。

那天，她陪他一起去看房，婚房。

他看中了一套，指给她看。她没有觉出什么好，没有回应，就把目光向别处扫过去。

她无意中瞥见一套房，结构、户型、卧室朝向，都符合她的喜好。她望着愣愣地发呆。

他看出了她的心思，与售楼小姐说，“把这一套房的资料拿给我看看！”他拿过资料，交到她手里，“你再细看看，要是没问题就定了！”那一刻，她觉得内心泛起了一丝涟漪，这是从未有过的。她明白：他非常在乎她的感受。

出售楼处，他驾车与她往回返。她与他讨论房子问题，琐碎，却温馨。

她说：“房子客厅的墙壁要做彩绘，卧室里的墙要涂温馨的颜色，吊顶的灯最好是能旋转的……”

他说：“你觉得好就可以。”

她有些撒娇地说：“你也提点意见吧？”他没想到她会这样与他说话，不由得一愣。手里的方向盘随即偏了，有一辆逆向行驶的车呼啸而过，瞬间，他飞快地拨转方向盘，“咚！”两车相撞。她醒来的时候，在医院里，她急急地问：“他人呢？”

她不知道，在即将相撞的那一刻，他就忘了自己，他只想让她能活下来。

处理交通事故的警察也觉得奇怪，一般的事故，司机在紧急关头，本能地寻找自己逃生的机会，而他却把机会给了别人。

她知道：他是爱她的。非常非常地爱。只是他不喜欢表白而已，那份爱藏在他的内心深处。

人生是由许多个瞬间组成的，有的人可以天天说爱你，却在瞬间把这一切抛到九霄云外；有的人从不开口说爱，却会于瞬间给你惊心动魄的宣誓。

疼痛

疼痛是漆黑暗夜一道明亮的闪电，疼痛是茫然失措中一声清脆的提醒，疼痛是浑浑噩噩的人生中一针清醒剂，疼痛是得意忘形时悬崖勒马的断喝。

人们总是惧怕疼痛，拒绝疼痛，远离疼痛，其实疼痛不仅挥之不去，逃之不掉，更重要的是它对人类有着巨大无比的好处，接受它的警醒，感悟它的提醒，就会给我们的未来减少灾害与损失，规避我们即将到来的伤害。

人们总是向往阳光灿烂、春光明媚、花好月圆、喜气洋洋的氛围与局面，其实，人在平常生活中更需要疼痛不时的提醒，告诉我们不能在安逸中失去激情，放弃进取，倘若为了日前的享受，逃离疼痛的警醒，不久的将来就会出现更大更多的疼痛，甚至痛苦的灾难。疼痛就像慈爱的父母善意的提醒，规范着我们的言行，指引我们前面的行程。

许多人总认为，能有一个好的父母，是人生一大幸事。父亲威武有力，能力非凡，就像一把硕大无比的巨伞，给我们一片无雨的晴空，撑出一片安全、温馨的天地。母亲温柔、多情，给我们一个温暖的家园，可口的饭菜。然而，更多有远见的父母看到这样无所不在的爱是一种教育的缺陷，而是在给子女所谓幸福的同时，人为地为他们制造点适当的“疼痛”，用来磨炼他们，锤打他们，为孩子营造一个强健坚韧的未来。疼痛能给人坚实的信念，给人不屈不挠的斗志，还能给人驾驭灾难的能力与勇气。

记得在一本书上看到：有一对同是优秀的化学专家的夫妇，为了他们的孩子生活在无害的环境中，刻意阻止孩子接触外界，给他吃经过化验的食物，饮用提纯的蒸馏水，结果孩子并未像他们所期待的那样健康、活泼，而是弱不禁风，多灾多难，在一次饮用正常白开水时感染病毒不治。也许父母绝对的“爱”反而是杀害他的凶手，人生漫长的旅途中哪能不需要一点疼痛呢？

因为跌倒的疼痛，我们学会了走路；因为有求学的疼痛，我们获得了知识；因为有情感的疼痛，我们懂得了关爱；因为有失恋的疼痛，我们懂得了珍惜；因为有缺陷的疼痛，我们学会了追求完美；因为有受压迫的疼痛，我们理解了自由的宝贵……

疼痛让我们由愚昧走向文明，疼痛让我们由懦弱走向坚强，疼痛让我们由贫穷走向富裕，疼痛让我们由山涧走向峰顶，疼痛让我们由闭关自守走向改革开放，疼痛让我们由被人欺凌的弱小者渐渐强壮高大，疼痛让我们由狭隘、自视走向博大、高瞻远瞩……

我们不应该为了短暂的、麻木的幸福而选择远离疼痛，而应该正视它、接受它、领悟它，把疼痛带来的财富永远带在身边，铭记疼痛的教训，感恩疼痛的警醒。

木匠

乡村从不缺少木匠。乡村里那些大大小小的树木、粗细不匀的木料,都是他们上佳的材料。凳子、桌子、门框、农具,长有长的好处,短有短的妙用。

我爷爷是村里有名的木匠。虽然在我还未出生时,他就离开了人世,但是他不仅把精湛的作品留传了下来,也给后代留传了木匠天生的禀赋。父亲常常指着家里的桌椅对我说:这是你爷爷做的。我能从桌椅的精致中看到爷爷对手艺的热爱,榫眼与木板天然合一,即使你仔细地寻找,也无法分辨。不仅是榫的凹凸吻合自然,就是木板上暗处的花纹都流畅一致。曾经有一位经历丰富的木器收藏者要收购我们家里几张椅凳,虽然那些椅凳并非什么优良的木料,我想,一定是爷爷无可挑剔的手艺打动了他。

父亲没有跟爷爷认真地学过手艺,他却能够在假期里利用家里的木料做出桌椅板凳来。小学读书时,我一直使用的桌凳,就是父亲亲手做的,虽然没有爷爷做得精致,却很实用。

我相信,我的血液里一定有木匠天生的禀赋。我还在很小的时候,就对斧头、锯子、凿子非常感兴趣,喜欢用这些东西在木板或者棍子身上寻找适合的身段。我能够把那些木料恰到好处地安排利用起来，绝不会浪费，连父亲都会惊讶于我对木料的敏感。曾经，我小试身手，做了一只小木凳，连一向非常挑剔的母亲都叹服不已。要不是我在后来转向爱上了文字，沉浸于文字的奇妙之中，我一定会成为出色的木匠。常常，我拿捏文字，就像在一大堆木料里寻找我需要的木材一样，我只选择需要的合适的，绝不铺张浪费，一切都要恰到好处，不多不少，不长不短，是木匠的艺术，也是写作的艺术。在写作时，我常常会想起爷爷留下的那些作品。浑然天成，不着痕迹。那些榫的凹凸处恰到好处的吻合，甚至连木料暗处的花纹都达到一致，给我的写作带来许多启发。不要浪费文字，更不要使用滥情的文字，就像榫眼，就像积木，最好的匠人就是让材料们站在最合适的位置，物尽其才，尽量少去添加那些自以为是的东西。

前天，我去父母那儿，向他们讨要一张爷爷做的凳子，我宝贝一样搬回还在装修的新房里。正在施工的年轻小木匠不屑一顾地说：这样的小凳子，有什么好稀罕的呢？我被小木匠的话激怒了。不要看你做的家具式样新潮，可归根结底，你根本不懂什么。你现在使用的是三合板、五合板、胶合板，连什么是好木料都不懂；你也没有手工制作榫眼的精良技术，已经半成品的方木与这些板材之间，只要加上钉就可以做成方的、圆的、弧形的、雕花的家具了，然而，它们都经不起时光的淘洗，更甭说岁月的摔打了。

小木匠目瞪口呆，他可能从未听过我这样的话语，他只懂得在木料的半成品之间拼凑，连接的是钉子与乳胶汁之类，至于榫眼已成为木匠的历史了。可是，他是否懂得，即使形式早已不复存在，可是那些与之相对应的精神却需要永远保存并流入血脉的，这是手艺人不死的秘密。就像电脑代替了笔的存在，可创造却永远是写作不变的灵魂，而不是流水线上一成不变的制造。

千万别洒水

我读中学时，家里还比较贫困，父母都是土里刨食的农民，成天劳碌也不见有多少收益。为了供我读书，父母除了种些粮食外，还另外种了块菜地，收的菜自己运到菜市场去卖，这样会比给菜贩子多卖几个钱，但是人挺受苦，需要在前天晚上就把收割的菜整理好，第二天凌晨就要起床去菜市场占位置，一直干到傍晚才能收摊。

奇怪的是，父亲把从地里割的菜只是摘除掉枯叶，清除掉根部的泥土后，就扎成捆。而我看到村里别的人家都是把菜洗干净，打扮得鲜嫩、清绿，我总是想不通一向勤劳的父亲怎么在这件事上懒惰起来。有几次，我提醒父亲也应该向村里别人家那样，把菜搞得漂亮些，争取卖个好价钱。可是父亲告诫我说："千万别洒水。"

假期里，我有时也会帮父亲去卖菜，到菜场里，看到别人家的菜都是那样鲜嫩、水灵，而我们家的菜却是土头土脑，就像我和父亲土气的衣着一样。来菜场里买菜的人都喜欢奔那些鲜嫩的菜摊去，看到别人的菜卖得很快，而我们的菜却无人问津，我就忍不住埋怨起父亲来。想不到父亲并不着急，而是要求我把菜价要得比别人稍低一些。终于有位年轻的妇人问价了，可是她反复地看着我们菜摊上的菜，还打开捆扎的草绳，仔细地翻开来看了看。看到她那样挑剔，我有些担心她拂袖而去，可是当她要求菜价再低点时，想不到父亲一口咬定原来的低格，分文不少。正在我担心的时候，让人感到意外的事发生了，如此挑剔的妇人却买了我们的菜。

随着时间的推移，到我们菜摊来买菜的人越来越多，而原来别的摊上那些鲜嫩的菜已经变色，开始甩卖了。来我们菜摊上买菜的人有的连价也不还就买，有的想还价，可是父亲咬定价格不放松，无奈之下，转遍了菜场还是来到我们这里买。等到过了中午，别的菜摊上那些菜有的已经腐坏，开始扔掉，可是我们的菜却仍然老样子，虽然土气，却散发着泥土的清香。父亲告诉我：那些菜用水洗过，或者洒上水，刚开始看着鲜艳，可是它不撑多长时间就会开始变质，等到过一段时间，就会腐坏。而我们不用水洗，虽然初始不好看，没有什么人欣赏，但是它能长久地保持一种本质的模样，后来者居上。所以别在意那短暂的风光。

也许是经过父亲这些无声的熏陶的缘故，我大学毕业走上社会后，脚踏实地，一步一步按照自己设定的目标去努力，虽然在开始时受到许多制约，可是后来却因那段卖菜经历受益不浅，让我自始至终都能保持一颗平静、平和的心态去面对失败与成功，有信心去坚持实现自己的梦想。当我看到那些原来志得意满的朋友却在社会的大潮中被冲击得七零八落时，我就感慨万分。我感谢忠厚、诚实的父亲，并永远记住他的教诲：千万别洒水，不要在意那份短暂的风光。

习惯是一种病

小强是我小时的玩伴，身体健康壮硕，后来，他不小心从高处摔了一跤，把左胳膊摔断了，就用石膏固定了，用吊带挂在肩上，他还是喜欢和我一起玩，奔跑时为了身体平衡，就需要侧着点身子，看他一只胳膊甩动奔跑的样子，有点像弹跳的袋鼠，挺有趣的。小强的胳膊有好长时间一直就那样挂着，他也就需要那样倾斜着身体跟在我后面奔跑，等几个月后，他的胳膊拆掉石膏，他还是习惯把左胳膊弯着，他更是习惯了身体倾斜着奔跑，等他的家人发现他这样的毛病，已经纠正不过来了，现在，他早已长大成人，是两个孩子的父亲了，他还是习惯那样倾斜着身体跑动，我能从他倾斜的动作中看到他年少时的模样。

我认识一个家庭妇女，特别爱清洁，她对任何东西在使用前都要仔细地清洗一遍，否则她就会受不了，如果去别处坐客，她一定会想方设法自己去把面前的餐具再清洁一次。她从不使用别人的东西，也不相信别人做的保洁，她甚至不去公共浴室洗浴，她觉得别人都是不太卫生的，这让她的丈夫很痛苦。为此，他们不能在家里请客，她也很少陪同丈夫出去应酬，这让他们少了许多交际，在现今这个社会，这样的封闭行为，是会遭到朋友非议的。后来，她的丈夫实在忍受不了她的怪癖，想和她分手，而她又是那样地爱着丈夫，爱这个家。最后，他们想到去求助心理医生，原来她患了一种心理疾病，她小时候住在平房里，老鼠很多，看到肮脏的老鼠在她家的食物上爬来爬去，从此，她便觉得一切都是肮脏的，她需要反复地清洗才能减轻她内心里储存着肮脏的暗示，这样就养成了所谓清洁的习惯。

单位里有一位女同事，她的习惯是买东西总需要调换一次才罢休。许多陪她一起购过物的朋友都知道她的习惯，也就不大在乎帮助她挑拣了，反正她买回去，也要再重新来更换一次。有一回，单位里发放慰问品，她是第一个来领的，几十件物品，任她挑拣，她也真是仔细，打开包装，仔仔细细地查看，里里外外都查验过了，才签字领走。让我颇感意外的是，没过多久，她就把物品拿来说要换一件。该领的都领了，就剩下我和科长两人的还在那里放着，我对她说，你去挑挑吧！她果真又去挑了一遍，换下手里的那件。我实在不明白，她第一次挑走的，是一件完美无缺的产品，剩下的两件，由于运输过程中的碰撞，有了一点瑕疵，而她还真的就选了有缺点的那件。她不相信自己手里的那件，她也不相信自己刚才仔细的检验，她只愿意再挑一遍才彻底放心。

作家毕淑敏曾在一篇文章中说：你若是觉得身体某一器官的存在，那它一定是生病了。人的习惯也是这样，你若是不能自然地面对生活运转的程序，在某个过程中停顿下来，或者反复地重做，那也是一种病。就像人们说的习惯，那是某类毛病日积月累导致的一种结果。

夏日栀子花

他总会从她家的小院前经过，院子里种满了洁白、肥硕的栀子花，每次经过，都会嗅到那股清香，一直弥漫到很远。

那时候，他读高二，她比他高一级，在一个学校里。他经过她家院子，总会驻足停留一会儿，他细细地嗅那些香气，他更想等她出来，看到她飘逸的身影。有时，她会从楼上匆匆地奔下来，穿着有细碎花瓣的长裙，一手提着裙摆，一手扶着栏杆，那样子，真美。

她在学校里，是学生会主席，人长得美，成绩又好，上苍似乎格外垂青于她，老师同学也喜欢她。学校每遇活动，拿着话筒主持节目的，一定会是她。她甜甜的嗓音通过扩音器，在喇叭里传出，飘到很远，就像清香的栀子花一样四处弥漫。

他偷偷地爱她。

他总是喜欢在她家的院前短短地逗留片刻，除了看看栀子花，还有想看看她。但是，他们从未说过话，他知道她，她却从不认识他。

有时，他想，要是她有时间留在那片栀子花里，他一定要拍一张她的相片，那会是多么美丽的景致啊！

她后来考上了广州的大学，他也去了南京读书。不过，每当他回家,都会去她家的院前看看那片栀子花。

那年夏天,她出嫁了,长长的迎亲车队排得令街坊邻居格外羡慕。他有莫名的忧伤,他不知她找了一个什么样的对象,也不知她会嫁到什么地方去。他总会忧伤地想:她的未来会不会受到伤害,或者被抛弃?

那天,迎亲的车队开走好久了,他还站在她家的院前,盯着那片栀子花发呆。

不多久,这个城市拆迁,她家的院子消失了,一片钢筋水泥工地,高高的吊车,码得遍地的黄沙、水泥,那片栀子花消失了。

6年过去了,他每次经过那片地方,还会悄悄地驻足片刻,只是再也嗅不到清香的栀子花了。

一次,一位远方的朋友邀请他去游玩,不知为什么,他有些欣然地迫不及待地去了。好像这次游玩,是早就在等待的。

这座城市,有大片的栀子花,盛开的时节,令整个城市荡漾在栀子花香中,那些栀子花令他觉得很舒畅。

晚上,朋友招待,他怎么也不相信,她居然也在,比他记忆中的笑容更美。多少年不见了,他仍然能一眼认出她。她的丈夫是一家企业的老总,她现在办了一所私立学校,一切都不是他想象中的凄凉,她散发出栀子花的香味。

那晚,他喝了很多酒,却一直没有醉的感觉。她与他也喝了酒,那杯酒很奇怪,居然有栀子花的味道。

没有人知道他的心情经历,包括她,他们从不曾知道他的暗恋与莫名的忧伤。

他再回到自己的城市,觉得阳光遍地,栀子花芳香依旧。

他不再觉得她家的小院里那么多栀子花被损坏，只是移到了遥远的城市，就像她嫁到了远方，香气也会在记忆里氤氲浮荡。

石上长树

他们之间的爱情，受到了太多的阻挠，影视里的爱情片断都在他们身上出现过。父母刁难、朋友劝阻，就连要好的闺蜜也不看好他们的爱情。

欲爱不能的痛苦是难免的，可是，想爱却被阻隔也许更痛苦。他们是水里盛开的莲花，拼了命向一起靠拢，中间却有许多阻隔，横断相爱的路。他们努力地想冲破这种阻隔，却觉得力量越来越微弱。

他们相约，去外地游玩。离开身边的人，换了环境，也有了好的心情。他们好像回到了当初相爱时的模样，心与心靠得更近了。

走进大自然，徜徉于山水之间，就成了其中的一棵树，一泉水，畅意地生长着，欢快地奔流着。

山间红花绿树，清泉溪水，鸟语花香，真是世外桃源。在这里，他们开心地谈笑，肆意地狂欢，紧紧地拥抱，再也没有人可以阻挡他们相爱。有时，他们真的想在此长久住下，再也不回到烦人的亲人身边。

他们沿着山间小路，一直向上攀爬。忽然，眼前的景象令他们惊奇不已。一棵树长在一块石头上。

这是一棵怎么样的树啊！它有硕大的根系，却是紧紧地包裹着一块顽石，它的皮附着在石块上，这里，既没有泥土，也没有水源，它是如何生存下来的呢？他们被眼前的奇异的生命景象惊呆了。

其实，这棵树也算此地一景。它用根系的皮紧紧地包住石块，围绕着石块向下延伸，它要用多长的根须，才能寻找到生命的寄托？

世间的树，大多生长在泥土之中，靠近水源，那是它们的生命之源。然而，当一棵树，只有在石块上落根的机会，它还会有机会活下来吗？眼前的一切给出了肯定的答案。

他们决定不再逃避。

还有什么样的艰难会比石上长树更难的呢？

他们回到了故乡，回到了亲人身边。刁难、阻止是不会少的。但是他们相信，这一切，都不会难倒他们。即便没有泥土，没有水，他们也会寻找爱情之源，坚定地让自己的爱情之树成长。

他们换了方式，能感动的去用情感动，能争取的就尽力争取，不肯支持的，他们也决不低头。最终，爱情是属于他们自己的事，他们获得了爱情生长的空间。

在他们的婚礼上，祝福他们的人很多，众人都有一个疑问，当初，那么多的刁难与阻止，你们是如何走过来的？

她向众人给出了答案。他们曾经为此苦闷过，在最苦闷的时刻，找到了问题的答案，那是一棵默默地生长的树。当一棵树能在一块光滑的石头上生长，世间的所有难题都不再困难。

当生存的力量大于困难的程度，生命一定会茂盛地绽放出它固有的强大力量。爱情也一样，只要爱的程度足够大，没有任何力量可以阻挡。

相知

他们走在大街上，炎热的夏天，闷热的空气，非常符合她此刻的心情。她不知道与他是否应走下去？

在这个城市一年多了，他们都只是生活在这里辛苦打工的青年人。她与他相识快一年了，却一直找不到与他牵手的理由。就像这闷热的天气，找不到一个宣泄的出口。

经过一处又一处繁华，他们依然漫无目的地闲逛。许多休闲的去处，足以诱惑年轻人沉浸在里面忘却外面的世界，不过，那是需要花费他们难以承受的金钱。

前方，一辆卖西瓜的三轮车，两位老人正在向路人哭诉，原来，他们收到了一张百元假币。看着白发苍苍的老妇人，泪水夺眶而出的样子，她真的很心痛。在这个炎热的天气里，他们暴露在街头，只不过是出卖自己劳动所得，不承想，如此辛劳却换回了假币。

老汉把手里的假币给多位路人辨别后，撕碎，揉成一团扔进了下水道。看到老人的艰辛，许多路人纷纷相帮，前去购买西瓜。也许，途中拎着西瓜不方便，可这也是一种帮助的方式。

她也想帮助老人，看到他们的目光，就想到自己在乡下的父母，他们的辛劳以及他们的期盼。她走上前去，拣了几个大的西瓜，称好，付账，22元钱，他掏出一张50元的票子，递给老人。“不用找了。”他忽然说。

她的心一颤。就像那些出手阔绰的人，随手给了别人的一张大票。而他不是，他的经济也很拮据，他从舍不得乱花钱。他给老人的钱，是他的善举，也许，他更多的是怜悯老人的艰辛。

不知为什么？她提着手里硕大的西瓜，一点也不觉累，几次，他都要帮她，都让她婉拒了。

他不是自私，也不是冷漠，在某个关键时刻，他一定会用一种力量显示出男人的本色。

她决定告诉他，她要和他牵手走这一生。

能打动人心的，不是戒指，也不是项链，更不是名车豪宅，也许只要一个真诚的举动，一句温暖人心的话语。重要的是，能够懂得，一个人的心灵总会在刹那间获得共鸣的感动。

人生航道

多年前，我是一名内河船员，常年从山东微山地区运煤沿京杭大运河南下，经苏、浙、沪等地，那些航道各种各样，微山湖上水面辽阔，白茫茫一片，经常会找不到主航道的方向；苏北运河有十多道船闸控制水流与水位，波澜不惊，是最顺畅的一段；过江都后进入江面，宽阔的江面有时波平浪静，有时浊浪滔天，风云变幻，可欣赏到急剧的变化，身在其中，仍令人感受波涛的诡秘与惊颤；过江进入江南运河，航道顿时狭窄起来，弯多、水浅，航行时经常与别的船舶产生碰撞、拥堵。

这些不同的航道恰如人生不同的时段，有时茫然不知人生方向在何处；有时会进入波平浪静的顺境；有时平地惊雷，人生出现逆转，各种危机瞬间排山倒海扑面而来，令人痛苦不堪；有时会面临竞争，人生的路途变得狭窄而陡峭，不时遭人算计，倘若能坚持下来，则又会柳暗花明，到达理想的彼岸。

20世纪90年代，我考入一家航校，离开农村老家，生活向我展现另外的一条航道。船上闲暇时间多，我就选择自己喜欢的科目学习，记得我当时对写作、摄影还有绘画等都有浓厚的兴趣，床头经常摆满了购买的各种各样的书籍，业余就钻在书籍中寻找乐趣，与同事们的享乐主义格格不入。嘲笑、讽刺、挖苦声不绝于耳，开始我并不在意，然而时间长了，看着别人成群结队地游乐于各地风景名胜之中，而我则埋头苦读，依然没有看到自己的进步，不免有些灰心，人生的航向出现了问题。我茫然不知所措，面对床头翻得破烂的书籍，我不时地询问自己，能从这些书中找到理想吗？苦闷就像毒液无情地伤害着我脆弱的信心，我开始反省自己，寻找人生突围的方向。

我舍弃了众多的爱好，仅保留写作，为了锻炼自己，我开始规定自己除了练笔之外，还要记下属于自己特色的航行日记，把所到之处景、貌、情等写进航行日记中，这对我是极大的锻炼。不久，我的一篇散文在当地的日报副刊上发了出来。一边工作，一边写作，这种日子是幸福的，可是人生之舟就要驶入另一个航段了。

随着内河水运业的激烈竞争，行业的利润急剧下滑，单位里不得不进行大刀阔斧的改革，我所在的小型船舶被淘汰，随之这部分船员也面临下岗。在又一次人生航向的选择中，我义无反顾地选择了写作，当爱好变成职业，那种压力是可想而知的，生活是残酷的，她不会为你钟情某种浪漫或美丽的事业而显示出一点仁慈，我的人生之舟再次滑进狭窄的航道，我想起以前曾经有过的失落与迷惘，还有那些执著与信心，我坚持着度过了生活中最艰难的日子，当绿色的稿费汇款单源源不断地飘落在我面前，我想起了一位勇敢辞职做一名不拿薪水的自由撰稿人朋友，他说能从事自己喜欢的职业，过着自己做主的生活，那是人生的一大幸事。我想：何尝不是呢？人生的航道尽管曲折坎坷，但是只要有信念，肯坚持，就会历经风浪勇往直前。

意外的美妙

人生总是充满了许多意外，而有些意外会给我们带来莫名的惊喜。

去相亲，发现介绍的那位女子并不如意，而陪在她身边的那位却如此动人，偏偏她也有意，竟撮合成一段美好姻缘。

如果明知道介绍的女子不如意，大概就不会去赴约了吧？不去就错过了结识满意的这位，这是意外的惊喜。

有时候，不要拒绝看似无解的难题，事情往往曲径通幽，答案不是一眼就可以洞穿的，拂去层层迷雾，最后才可以抵达真相的界域。

单位公派出差，众人躲着不愿去，那个地方太艰苦，连洗热水澡都不方便，可是他推不掉，只好勉强去。谁知途中遇到一知音，话题滔滔不绝，等他们抵达目的地，俨然是多年神交的朋友。

来来往往间，多了情感，居然结束了多年单身生活，娶得如意美人。令单位里众人艳羡不已。谁不愿意获得这样的意外？可是，当时却又谁都不愿前去。众人看到的是旅途艰难，生活不便，就是无法预料有美人同路。

男孩爱上一个女孩，却不敢对她表白，他想到送花试探，就到花店订了束玫瑰。可是，花店里玫瑰花紧缺，店主私自替换成了芍药，男孩不懂，花是店里派人送的，女孩惊喜，男孩子怎么这样懂得她的心？她最喜欢芍药了。

结果比原来的要好得多。男孩女孩有了相互喜欢的心，牵手也顺理成章。店主的自私不再有过错，是他促成了这对男女的好事。

她是店里的经理，一向严肃、苛刻，对待员工不苟言笑，员工都怕她，背地里叫她“阎王婆”。

一天，不知哪位员工把一大束鲜艳的玫瑰摆在台上，经理进来，问：“这是谁的花？”有个员工故意说：“经理，这是送给你的！”

他们不知道，这天是经理32岁生日，她已经好久没有人送花了。以前的男友去了国外，再也不和她联系，她把自己深深地埋在繁忙的工作中，借以忘掉痛苦。想不到会有员工记得她的生日，还给她送这么美丽的花，她感动得无以表达。

自此，她不再冷若冰霜，和员工有了盈盈笑意，仿若灿烂的三月花。

其实，那束花是一位员工准备送给女友的，既然被人无意中送给了经理，就以假乱真吧，还有谁能忍心揭穿事情的真相？

……

生活中，有许许多多的意外，构成了这个世界的斑斓色彩，是我们循规蹈矩无法看到的美妙。就像偶尔一次离开大道，来到小径上，会发现许多不曾见过的奇妙花儿、草儿，还有纷飞的蝴蝶与蜜蜂。想一想，这些意外是多么的美妙！

两棵树

记得小时候，老家屋后有两棵树，一棵长得碧绿挺直，而且蹿得快；另一棵好像是生了病似的，歪歪扭扭的，而且与另一棵比起来简直不见长高。要不是每年春天它都发出新芽，真让人怀疑它是否还活着。

没几年，长得快的那棵树就成材了。父亲把它锯倒后做成了农具。而那棵歪歪扭扭的树没啥用处，就活了下来。每每拿起农具，我就想起屋后的那棵树来，心里不由得感叹，一样的环境却长出不同的材料来，可见成材不成才关键在于自己是否努力了。

后来，我中学毕业后没能考上理想的学校，就外出打工了。而当时班上有许多同学都考上了理想的学校。我就想起老家屋后的那两棵树来，感觉自己就像是那棵歪歪扭扭的无用的树。父母花了一样的心血，我却不能和别人一样成才。我一边痛苦地责备自己，一边在心中不断地问自己：我真的是一棵无用的歪歪扭扭的树吗？这样想着，心里又有些不服气。可现实就是这样，不能进入高等学府，就不能进一步地深造，而哪个单位愿意用没有文凭的人？

那些考上好学校的同学不久就毕业走上了工作岗位，做着轻松的事，拿着不菲的薪水，而我每天付出的劳动比他们都多，到月底领的工资却连人家的一半都不到。

我心中终究不服气，而不服气就产生了要比试的动力。别人在工作之余去聚会、逛街、健身，我一有空闲时就捧起书本，将心里那种不服输的想法化成了学习的动力。不久，我就从书本中找到了力量和信心。我不再与别人攀比，而是努力地在学习中寻找自己的快乐。每个小小的进步都让我快乐不止，每个新的发现都让我的眼前豁然开朗，我觉得自己的视野越来越开阔，在不知不觉中，自己“越长越高”了，从书本上汲取的知识垫高了我，让我不再仰视别人。

我终于可以轻松地获得较高的报酬，终于可以如愿地做自己喜欢做的事了。这时，我再回过头来看那些原来与我一起毕业的同学，发现他们仍然活在原来的起点，没有丝毫的进步。

前几天回老家探望父母，我发现那棵几年前没成材的树虽然枝干依然歪曲着，但不知何时也长得高高大大的了。而那棵原来迅速成材的树被制成农具后，经过这么多年的使用已经快要变成破烂了。我心中不禁生出感慨：即使是歪曲的树，只要不停地生长，也会有成材的时候，而再好的材料，如果自己失去生长的动力和能力，也终究会被时间所淘汰。

JINGPINZHENCANG

第四辑

开一扇窗

在一个地方久了，会觉得沉闷；在一个环境久了，会觉得缺少新鲜的风景；在一个位置久了，会失去奋斗的意志……这时，推开一扇窗，就会嗅到清新的风，看到不同的景。而这扇窗，有时是朋友的一席谈话，有时是书中的几句话语，有时是忽然而至的思想火花，瞬间的改变，就是一生的改变。

距离的美丽

记得小时候看过一本书，没有头也没有尾，中间还少了好多页，可是在那个缺少精神食粮的年代，我曾经一次又一次地翻看这本残缺的书，是这本残缺的书给了我童年无限想象的欢乐。直到前些天，我才知道多年来一直魂牵梦萦的那本书原来叫《镜花缘》，而当我现在把这本完整的书捧在手中时，却怎么也读不出童年时多姿多彩的感觉来。我知道除了这本书已经不适合我现在的这个年龄看以外，更多的是因为这么多年来我把许多美丽的想象与美好的感觉添进了童年那本残缺的书中，这些都是现在这本完整的《镜花缘》书里所没有的，更是因为对童年的美好回忆把这本不完整的书丰富、完美了。这一切都是因为童年的缘故，如果没有这段距离作过渡，怕是对残缺的书本没有多少美好的印象的。

我读小学时，我们村里来了一户人家，听说是城里下放的。他们一家刚到村里，不会干农活，也没有菜地，记得父亲常要母亲把我们家菜园里的新鲜蔬菜摘下送给他们家尝尝。因而他们全家很是感激我的父母，他们家那个和我年龄相仿的女孩更是对我一口一声“哥”，嘴甜极了。我和她一起去村外的小河边摸鱼、捉鸟，陪她去金黄的油菜地里逮蝴蝶。常常在农田边或是村旁见到我们成双入对的身影,那时我从心里把她当成一个可爱的小妹妹看待的。父母见我们在一起玩得那样开心,就玩笑似的对女孩的父母说:“等他们长大了,让他们做对小夫妻多好!”说完这话,两家的大人就都开心地笑了,我那时心里也会朦胧地想:“这么可爱的小妹妹要是永远待在我身边该有多好啊!”

以后,每次再带她出去玩,就会偷偷地问她愿不愿意做我的媳妇?她就会羞红着脸说愿意。我开心极了,感觉美极了。天真蓝,水真清,阳光格外温和,连风都像父亲脾气好时的样子轻拂我的脸庞。这样美妙的感觉没过多久就因为她们全家返城而消失了,当我稍稍大了才知道农村与城里原是两个完全不同的天地,我心爱的小妹妹是不会成为我身边朝夕相伴的妻子的。但是心中总有一种莫名的失落,那份情愫常在心头徘徊不去。一直到我娶妻生子,偶尔还会在梦中出现她小小的身影,和我一起在那片金黄的油菜地里欢快地奔跑。

前些日子,我的电子信箱里收到一份陌生网友的信,打开来看时,从字里行间总能读出一个似曾相识的身影,到最后才隐隐感到来信的就是我一直魂牵梦萦的那个小妹妹,是因为我写的文章在报上发表了,让她读到的,她又从编辑那里要了我的电子信箱。读完了信,才发现她还给我发来了一张近照,早已看不到童年的身影了,如果不是她说明,我是不会想起照片上的这个女子就是我一直魂牵梦萦的小妹妹。考虑了好久,我还是把那张相片从电脑中删除了,给她简单地回了封信。既然已经不是我想象中的小妹,留着相片又用何用?不如还是把想象中的那个在脑海中一直美丽着吧!

就像童年时读的那本残缺的书,正因为它的残缺才让我在不断地想象里添加进去许多自己的梦，而渴望了很久的故事结果对我来讲早已不再重要。重要的是书给我带来了很多快乐的想象与美好的童年。而童年时的这个小妹妹也真的不会成为我朝夕相处的妻子，我有一个相亲相爱的老婆，还有一个可爱的儿子，这些就够了，把那些美好的想象就在记忆中储存吧，没有必要去想方设法让其变为现实。因为一旦成为现实了，说不定到最后连想象的美丽都不复存在，不要说幸福了。

美丽，是因为有了距离。没有了距离这层面纱，也许美丽就少了朦胧、缥缈的想象美，落到现实中只有支离破碎的片段了。

对手的力量

有一位著名的作家，因为生活中一件很小的事情，被别人侵犯了利益，他为了讨回公道，把自己的所有精力放在打官司上，从而放弃了写作。虽然经过多年的努力，官司赢了，却再也无法提笔写作了，因为他的灵感、文笔都已远他而去，胜了一桩小小的官司，却荒废了一个作家。

武侠小说中常常会有这样的场面：两个陌生的武士交手前，须先报上名来，倘若一方名气颇大，而另一方默默无闻，高手则不屑与其争斗，否则会坏了自己的名声。因为高手很看重和自己一决高低的对手之实力，与无名小辈交手对高手而言是杀鸡用牛刀。

下棋也是这样，对弈的双方须是实力相当，不相上下，倘若悬殊太大，即使对弈下去，时间长了就会荒废了高手的技艺。与高手搏击，会让人不断进步；与平庸的对手交战，胜得好无悬念。

而在现实生活中，我们每时每刻需要面对很多的挑战。有的需要我们全力以赴去应对才能解决，有的则注定是马到成功。每天竞争也是面对各种各样的对手，有的实力相当，需要我们小心应对，全力以赴，而有的实力悬殊相差太大，就不必亲自出马。

知己知彼，百战不殆。根据对手的实力，让旗鼓相当的人前去应战，才是竞争的策略。而对那些死缠难解的事，不要消耗我们太多的精力，须舍得放弃，才能轻松地继续前行。抛掉一点虚名，舍弃一些钱财，扔下一点欲望，把这些与我们理想相去甚远的“对手”统统抛开，努力锤炼自己，就会在不断的与生活里各种各样实力相当的对手搏击中取得进步。

与什么样的对手竞争，反映出你所拥有的实力。同样，让高手能与你相争，也说明你存在的实力。成功者的形象是打败一个个实力强劲的对手，而不是杀掉一支支不堪一击的弱旅。

开一扇窗

每年到夏季的时候，由于雨水多，我们居住的平房屋内就会阴暗而潮湿。由此带来的问题和矛盾也很多，不是面粉受潮结块了，就是衣服受潮发霉了，再不就是屋里的墙壁由于受潮而成块地剥落。每到这个时候，一向和睦的家庭就会发生战争，起初是母亲不断地唠叨，接着就是父亲沉闷地怒吼，再下去就是父母的争吵。吵完后母亲就会委屈地抽抽搭搭地哭，就像是外面滴滴答答的雨水，让家人整个心里都潮湿起来。

我们家的房子当时为了临街，就坐向朝北，整个屋子到了夏季就像一个铁桶，密不透风。屋内受潮后很久都生活在一片潮湿中，人的心情也就跟着郁闷起来。

后来，姨父来我们家，见父母又为此事吵架，就笑着说："这事好办，只要在屋后向阳的地方开一扇窗就行了。"说干就干，当天我们就在屋后开了一个窗户，说也真是，这么简单的问题竟然困扰了我们家好长时间。

自从屋子有了后窗，阳光也照了进来，风儿也吹了进来，夏季的天是雨过天晴，屋内的潮气在阳光的蒸发与风儿的吹拂中，很快就干燥了。屋内的人不再为受潮而发愁，也就生活得很快乐，没了争吵！

给屋子向阳的地方开一扇窗，屋内就不再阴暗潮湿；给心灵向阳的地方开一扇窗，心灵就会永远活在阳光里，不会为生活中的阴暗而不快。

有些时候，快乐真的好简单，只要让心灵在向阳的地方开一扇窗户就行了！

底盘

我在一位交警朋友那里见到一件奇怪的事情：那天，我有事去找他，到他那里，只见他正在指挥一群工人对一些车辆的车厢进行氧气焊切割。

我不解地问他，这是为什么？他笑着跟我解释，这些车辆是一心赚钱的车主私自对车辆改造而成的，他们把车厢私自改造加大，而车辆本身的各部配件与载重量是配套的，这些车主只想着赚钱，在没有更换相应的配件，却把车厢改大，这就给行车安全带来极大的隐患。

那些干活的工人师傅们对我说："最重要的是汽车的底盘小，却配上一个大的车厢，这是很危险的事。因为车辆的底盘重量与它的载重量大小成正比，如果没有相应的底盘，却盲目地加上一个大的车厢，是一件很危险的事情。这就像头重脚轻的人，一旦他走得快了就要摔跟头一样。"

这事让我想起澳大利亚对一艘豪华客轮进行改造的新闻。由于这艘客轮舱位多，船舶的吃水也深，在航行时加大了阻力。一些设计师便想方设法改变船舶的吃水深度，减小船舶与水面接触面，以期减少阻力，增加航速。

他们把船舶的建材改用轻型材，船底部改成双船体，减少阻力。经过改造的船舶的航速果真提高上去了。但当这船舶驶进无垠的海洋时，船就剧烈地摇晃起来，根本就无法快速行驶。只到这时，他们才知道犯了一个愚蠢的错误，船在进入航行状态时，若没有相应的吃水深度，就不可能平稳地行驶。尤其在进入风大浪急的海洋中，若船舶没有相应的吃水深度用来抗击风浪，是很难在海洋中快速行驶的。

这就像一个人，他若没有足够的知识做“底盘”，他就不能驶向深水区，驶向自己向往的远方；一个企业里的领导，他若没有相应的底盘，就不能带领企业航行在风大浪急的市场经济大潮中；一个部门的指挥者，他若没有重量相等的底盘，他的决策与论断也不会给这个部门的前程带来光明。

你有多大的理想，你就要为自己营造多大的“底盘”。否则，你就不能一帆风顺地驶抵自己向往的远方。

多试一次

那年，他去深圳打工，因为没有更高的学历，他只能找到推销员的职业，这是一个非常辛苦却又收入非常少的行业，底薪非常少，奖金需要把产品顺利地推销出去，再把款及时回收才可以按推销数量领到。和他一起做的同事，纷纷离开，接着有新的员工不断进来，在进进出出间，只有他坚持了下来，从开始的收入微薄，到渐渐丰厚。

也有许多新员工向他学习经验，他总是微微一笑，多努力，只要多努力，总会打动客户的心。每个人都愿意努力，却总是找不到更多的诀窍，他们无法忍受微薄的薪水和遥遥无期的等待，只能选择离开。

后来，公司的领导发现了他的长处，就让他给新员工讲授自己的经验。面对许多员工渴望致富的脸孔，他还是那句老话，多努力，只有多努力，才有成功的机会。那些急切等待的员工无比的失望，以为他有多少制胜的秘密，有过人的本领，却是老生常谈，怎么努力？

面对质疑，他依然微笑。

他带着新来的员工，开始领着他们展示他的“本领”。他和所有人一样，一家一家地敲门，得到的是差不多的响应，无人应答。门铃响了许久，就是没有人应。

和他一起的员工，极为失望。他有什么不同的本领，不是和大家一样笨拙地推销?

第二次,他还是来这个小区,来到这幢楼,门依然紧闭。下面的员工说:“没有人,甭敲了。”

他答:“有人,只是不愿开门,他不相信我们。”

“你怎么知道有人?”下面的人不信,屋里什么也看不到,怎么确信有人。

“我刚刚在楼下看到阳台上晾着两件衣服,现在是三件。这多出的一件,就是在他们敲门的时刻晾上去的。”手下的员工不得不佩服他的细心。

第三次,没人应声。

第四次,里面有咳嗽声,却不愿答话。

第五次,他看到门旁的垃圾,下楼时帮着拎下去了。

大概是第九次吧?门开了,是位老人,和他谈了片刻。他真诚地让老人试用自己的产品。产品的效果非常好,他被打动了。被打动的,还有老人的亲友。他敲开了一扇门,却在不经意间敲开了老人那些亲友的门,只是他们比他这里容易多了。

当他的同事在敲不开一扇门时,就直奔下一家而去时,他仍然坚持自己的努力。

他手下的同事原来不理解、不信任,都在片刻间瓦解了。他真的有着过人的本领,是他细心、真诚、热情,还有最重要的,是他的努力。

他说:多试一次,再多试一次。很简单的一句话,看似谁都会,却很少有人真正能做到,而他做到了,他也成功了。

十次敲不开的门,再多试一次,在第十一次时,门忽然打开,一切水到渠成。不是他比别人聪明,是他比别人更愿意付出。

那些平淡的爱

父母和他不在一个城市，虽然不算太远，但也不常见面。他有规律地给父母打电话，问候一下。打电话也没什么大事，就是聊聊家长里短，有时问问他们的身体，父亲听几句，再把话筒交给母亲，他们都聊了几句后，就会挂了电话，父母会说：长途电话很贵，好了好了，以后再聊。

每周一次，这好像成了他们之间默契的约定。

有一段时间，他忙于工作，天天加班到很晚，每周的电话就忘了打。好几次，他都提醒自己，给父母打个电话，却总是被工作忙得忘了。

那天，他的手机忽然响了，是父母的电话，他接了，先是父亲说了一句话，没等他多说，就听到母亲的声音。刚聊几句，母亲就挂了电话，他回电话，母亲说："我们听到你的声音，就满足了。"

习惯了一周一次的电话，忽然改变了，好长时间没有消息，父母有些不适应，打来电话没有任何事，就是想听听儿子熟悉的声音。

他的女儿出国留学，成绩优异。女儿从小就很懂事，让父母放心。女儿经常与父母在ＱＱ上聊天，有时，父母也会上女儿的博客上浏览，了解她的动态。虽然不在一起，基本上掌握她生活的情况。

可他还是需要按时打个越洋电话，和女儿讲几句，那些话都是说了又说，重复过无数次的，他除了想听听女儿的声音，剩下的大概是一份父亲的关心吧！

他是一名船员，经常随船漂泊。

有一年，他的船要停靠一个离他家很近的港口加油，短暂的一小时，他有好久没有回家了，他对妻子说："你来吧！"

妻子接到他的电话，抓紧时间买了车票。不巧，修路，车子晚了40分钟到达。当妻子气喘吁吁地赶到码头，他的船正拉响了起航的汽笛，他们在码头上拥抱了一下，就匆匆告别。

那一抱，她觉得丈夫是那么有力而温情，他觉得妻子是那么可爱而柔情。短短的一个拥抱，成为生命中的一个印记，这比什么都珍贵。

人世间有许多瞬间，就像浪花一样，激起过后又恢复了平静，然而，若是细细地体会，就会在心头激起不平静的涟漪，看似平淡无奇，却因为有了那些爱的存在，绽放出一朵朵艳丽的奇葩。

总有一扇门为你打开

大学毕业后，他去了南方的城市，繁华、喧闹，是他从未经历过的生活。这么多的人，这么庞大的城市，一定有他可以立足生存的空间。

他去一家大企业应聘，招收16人，排队等候的却是700多人，多么疯狂的竞争，近50个人在一起血拼一个岗位。他不比别人出色，也没有更多的优势，自然被淘汰。

他去一家外企递简历，主管对他递上的简历无动于衷地放在一边。他看到，有些材料根本就不准备打开，主管对有意向的简历作了红笔勾画。即使是外企，也依然逃不开人情的干扰，从开始就没有真正的公平，那么以后会怎样呢？

他在一家家单位来回地奔波，期望、等待、失望，周而复始。

他不再向往大企业，开始把目光瞄向待遇尚可的中小企业。由于金融危机，这些中小企业新进用人机会更少，面对他探寻的目光，遭遇冷冰冰的回绝。不过，他不气馁，不断地总结经验，以利再战。

开始，他想寻觅一个薪水不错的岗位，没有机会之后，退而求其次，寻找一个专业对口的工作，有利于长期发展。哪有这样的好事？专业对口的岗位不缺他这样的人才。

他想，先找个合适的事干着吧！

依然无法满足愿望。看似非常普通的岗位，却有那么多的人竞争。那天，他从一家单位应聘回来，坐在一个台阶上歇息，随手捡起一张废报纸，让他感叹不已的是：济南环卫工人岗位，竟然有那么多本科、硕士生应聘。看着挑粪桶的大学生一脸已就业的光芒，他有些无奈的失望。

接着，他一再降低标准，就想找一个谋生的职业，先活下来再说。仍然无法满足。一线工人要的是青春朝气与长时间加班，他能做到吗？营业员的低薪基本上难以养活自己，推销员的辛苦远比自己创业更加艰难。

……

他想到自己跑了这么多单位应聘，却无一成功。失落中随手翻看手里的笔记本，那个本子记下他每次求职后的感受与经验，忽然灵光一现，这是多么好的一个岗位啊！说干就干，把自己记下的求职失败经历加以整理，列出失败的原因，需要注意的事项，求职应对的心态，投递简历的目标，把这些经验传递给新来的求职者，让他少走弯路。

他再一次去各大企业奔波，当他把那些注意事项一一递给求职的新人时，获得一份意想不到的收获，他的失败经历供不应求。他的经历像是一面镜子，给新人照出缺点与短处，及时弥补，获得更多机遇。

他的这个思路为他获得成功的机会，他开办了新人培训机构，把自己的经历写成书出版。谁说他找不到理想的岗位？在太多的碰壁之后，继续去敲下一扇门，只要有足够的勇气与毅力，坚持不懈地寻找新的机会，总会有一扇门愿意为你打开。

坚持

我有一个朋友，他为人正直、诚恳，工作努力，但由于他不善交际，且个性强，只要他认为对的事就不会甘拜下风，所以他工作虽努力，也很有成绩，但同事对他的评价并不高，又不喜欢与领导套近乎，在单位的改革中，理所当然地被排挤下来。

面对如此艰难的就业形势，令他抱着那个大专文凭想重新找个单位就业的打算彻底地落空了。而在单位里从年头忙到年尾，鲜嫩的才华早被榨干了。我就劝他，凡事不可太认真，要学会“难得糊涂”，一个好单位就这么丢了，多可惜。

听了我的话，他只是摇摇头，他说：我坚持自己的做人原则。

后来，他告诉我他去跑保险了。我知道干保险这行，虽然提成高，可没有底薪，完全靠业绩吃饭。哪天跑不到单，也就意味着你没有一点收入。果然如此，朋友忙了一月，一张保单没签到，许多与他一起报名参加的业务员纷纷改做别的行当去了，而他依然执著地一家一户地宣传。他改变了一味地宣传投保人可获利的做法，而是与人拉家常，讲见闻，让客户与他先有个心灵沟通，然后把一些新近发生的事用投保与不投保会有什么样的不同结果。想不到这样的做法立竿见影，只有短短的一周时间，他就签了4张单，收了18000多元的保费。

后来，他遇到困难都会向我倾诉一番，我也就对他的情况了解得更多。

每听到他一次倾诉过后，不长时间就会接到他报喜的电话。

接着会听他面临更大的困难，而后又会在他的坚持下顺利过关。

慢慢地，他在我们那个小城成了个名人，他的名字见报率越来越高。他以前的同事发出感叹：想不到他还这么能干！

也许除了他自己，只有我了解他曾经的困难。那是别人所没有看到的一面，但在他不懈的坚持下，一次又一次地从困难前走了过去。

现在，他还会不时地告诉我他这样那样的困难。我知道这些困难的出现是因为他有了更大的目标。如果他没有更大的野心，就什么困难也没有了。

在人生的旅途中，总会遇到许许多多的沟沟坎坎。有时，横在你面前的是一条奔腾的河流；有时，在你面前的是悬崖峭壁；有时，阻挡你的是一扇紧闭的大门……

但是，只要你选准了目标，坚持不懈地朝自己想要去的地方进发，你就一定会到达。如果你遇到河流的阻隔，坚持就是让你通过河流的那座桥；如果你面对的是无路可走的悬崖峭壁，坚持就是架在悬崖峭壁上让你攀爬的那架云梯；如果你的面前是一扇紧闭的大门，坚持就是开启那扇大门的钥匙……

坚守

搬家具时，不小心把新买的衣服的拉链扯断了，看着断了拉链的新衣，有些不舍扔掉，可是没有拉链又没法穿。妻子说，小区里有一位妇女开了家缝纫小门市，专营钉纽扣、熨裤脚与修拉链，风雨无阻地坚守在那儿。

我按妻指点的方向去找，在一幢楼房的车库里找到这位妇女，门前做了个灯箱，写有“熨裤脚、修拉链”字样。现在很少有干这一行的了，一方面是人们的生活水平提高了，穿衣很少需要修补，顾客少，就很难养活这类手艺人。

妇女很干练，虽然岁月无情地遮蔽了她应有的美丽，却无法剥夺她内心的执著与坚毅，看着她忙忙碌碌地操作，我不知她怎么会有这么多业务？那些衣服在她手中不停地翻飞，像是蝶，围绕着她灵巧的手舞动。

她接过我手中的衣服，很快拆下坏掉的拉链，找出新的拉链比试，看颜色是否合适，拉链宽度是否美观，最后找到合适的，小心地询问我是否可以。我点头应允，她双手在缝纫机上飞舞着，一会儿就缝好了。

我把修好的衣服给妻看，一点也看不出修补的痕迹，做工精致，针线细密，浑然天成。不由夸起那位妇女，妻听了叹息说：她很不容易呢！她丈夫在外挣了些钱，就抛下她与女儿另觅新欢，再也不供分文给她们，母女俩的生活与孩子的读书费用都靠她一针一线去挣呢！

哦！还真看不出。这样艰难的生活，她却一直笑盈盈的，找不到丝毫的忧郁。生活虽然艰辛了些，可是女儿是她的希望啊！听她夸起女儿来，那笑就自然地流泻在嘴角、眉梢，她说她的女儿很懂事，年年都是班里的特优生，还会帮着她做家务事。怪不得，我刚走进她的小小缝纫店，就止不住夸起她女儿。那是她希望的火花啊！

后来，我每次路过那里，都会细心地打量一下那间小小的缝纫店，她总是忙忙碌碌的，即使天气不好，也总是坚守在那儿，就像她一直在坚守的希望。在那间小小的缝纫店里，她用勤劳挣来生活的费用，她用希望点缀未来的生活。日子一天天过下去，女儿一天天大起来，希望总有一天会变成现实。

我一直想多光顾她的小店，可是总找不到机会。后来，我在网上看到山区一所小学需要捐助的衣物，我就把家里多余的衣物翻找出来，让裁缝帮助缝补、修好，再仔细地熨烫好叠起来，我为自己找到一些事让她做感到由衷的高兴。她一边和我说着话，一边利索地干活，那些藏在旧时光里的零乱衣物瞬间就变得整齐而干净。不知道为什么，我把这些旧衣服捐出去，却让我感受到了双份的快乐，从她坚守的目光中读到了希望的曙光，这样的女人是令人尊敬的。

看不到别人的痛苦

文友聚会，大家推杯换盏之际，有人提起工作之烦恼，大伙全羡慕起我这个自由写作者来，在机关工作的阿伟对我说：“你是幸福的，也是快乐的。写自己想写的文字，自由支配属于自己的时间，是完全独立、自由的人，拥有‘自由之思想，独立之精神’。”听了他的话，我淡然一笑，他怎么能体会我的苦闷与烦恼呢？说实话，自由撰稿人确是独立自由的，但是自由的代价是用许多付出换来的，我没有工资，没有养老保险，时时算计着自己下一步的收入，我要先养活自己的肉体，才能有“独立之思想，自由之精神”来进行自由写作。

为了获得较为满意的稿费，我接手一家媒体的专栏约稿。既然能够开出令作者满意的稿费，稿件的要求自然也就要得到媒体认可。开始我寄去的稿件经编辑审阅后一篇篇在报上刊登出来，专栏刊载两月后，编辑对我寄去的稿件提出了意见，让我保持连贯性，那一刻，我感到了压力，每天一千字的专栏稿件，还要处理别的朋友邀约的稿件，我有“举笔维艰”之苦。有一天，挨到傍晚了，该写的专栏文字还没有任何头绪，编辑的电话已经第二遍打来了，我害怕电话铃声再次响起，但是我明白编辑也在着急，如果不能及时发稿编排，难道让报纸“开天窗”吗？可是，这写作乃创造性劳动，它不像机械性劳作可以通过加班来提高成绩。好在最后关头，灵感突然而至，救了我的急。此后，我主动预先写好几篇给编辑留存备用，以防此等险情再次发生。

听了我的话，文友们点头认可。我倒认为阿伟的工作是轻松舒适的，现在大家都看好公务员。可是阿伟一脸愁苦地叹道，“唉，原来我喜欢写些灵性小品，可是在会议文件的起草中磨去了所有的灵性。”这倒是真的，阿伟原来的小品文写得炉火纯青，深得我们文友赞赏。可是有好久不见他作品发表了。“更重要的是写出来的文件不合领导意思，改来改去，痛苦死了。看着那一行行文字，像密密麻麻的苍蝇，厌恶至极。”阿伟诉起苦来真让人同情。

大家把目光转向搞生意的文友大乔，这小子生意做得如鱼得水，既不用愁钱，也没有人管理，当然舒服。这次聚会就是他发起的，还主动承担了埋单的任务。想不到大乔也有他的苦衷，他十分怀念地说：“真想念以前纯净的岁月啊！无忧无虑的，写写诗，谈谈文学，多好啊！可是现在完全身不由己，要陪人吃饭，陪人玩耍，要说言不由衷的话，要不停地装作甘心情愿的样子四处搜索并奉上别人满意的礼物，否则就没有平静的时光，没事也会找点事情刁难你。要是真如你们所想，轻轻松松赚钱，心平气和写作，那就成了神仙都羡慕的日子了。”连大乔都有这么多苦衷呀！众人感叹道。

仔细看看身边各位，还真找不到没有苦恼的人。很多时候，我们总是不满意自己的生活状况，看着身边的人一个个都活得意气风发，其实我们只看他们的表面，而没有深入内心去观察，在我们羡慕不已的人身上却有我们未曾注意的苦恼，只是我们都用放大的目光注视他们风光的一面,忽略了他们潜藏的苦恼。

我们为什么总是羡慕别人,那是因为我们看不到别人的痛苦。

有一盏灯为你而亮

他们新婚时，他总是为加班而迟归，她就会一个人在家里静静地守候。他舍不得她太辛苦，就劝她早点休息，不必每天都等他。她莞尔一笑：“我愿意！”

他觉得她真好。他刚进家，她就迎上来，为他放好热水，洗去一身疲惫。他习惯了她的等候，要是某天她不在家，他回来，暗暗的楼道，悄无声息的家，漆黑一片，他就会觉得非常失落，仿佛走错了地方，曾经的熟悉变得陌生。只要有她在，那就是亲切、熟悉的风景。

家里那盏灯，远远地亮着，让他觉得那是一种召唤、一种温情。每每夜班回来，窗口的灯光给他一种幸福感。那天，他们这个小区停电，外面狂风暴雨，漆黑的城市张开巨口仿佛要将他吞没，他踉踉跄跄地奔到小区，远远地就发现了窗口有一盏灯在亮着，尽管微弱，却散出万丈光芒，给他在夜色里照出回家的路。那是她用蜡烛燃起的亮光。

她告诉他，外面狂风暴雨，忽然间这片城区断电，她暗暗地为他担心，回家的这段路没有光亮，将格外难走，尤其是进入小区，虽然是熟悉的环境，但没有了灯光，就像进入了迷宫。她一直为他燃着烛光，一支接一支，直到燃亮第三支，他才回来。

他明白，她一个人枯坐灯下，没有消闲的剧情，痴痴地等他归来，她就是他心中那支不灭的烛光啊！

后来，他晋升了，有一段时间，他没有加班，每天按时回家。那段时间，他们格外幸福，两个人一起进餐，一起做家务，边聊当天的趣事，边规划家庭生活，好久没有这样的温馨时光了。

幸福的时光过久了，就找不到幸福的感觉。每天都是这样平凡的日子，他再也没有以前加班晚归时，远远地看到窗口灯光散出的温馨，也没有了对她的细心与体贴。

有时候，他会找借口，说是陪领导赴宴，迟迟地在外滞留不归。她一点都不怀疑他，她相信他的一切。当他在外面花天酒地，她又燃亮了那盏灯，开始了静静的守候。

他有了权力，他身边围绕着太多的青春美貌女子，有的是想沾光，与他相识相熟，讨点好处；有的深谋远虑，想方设法靠近，想利用他的权力圈占更大利益；有的是被别人潜伏在他身边的“西施”，既探听到他的信息，又拉拢了他的心。这些美貌的女子用近乎献媚的神情，让他内心膨胀出巨大的欲望。

有时候，他不再回家，开始还找借口，怕她多虑，后来就丝毫不当回事，她若问起来，随便一个理由就搪塞了她的疑虑。他在外面风花雪月时，她一个人静静地守着那盏灯，孤单的身影令她渐渐苍老，而他停留在她身上的目光越来越少。

有一天，他又去一个年轻美貌的女子那儿，却敲不开门，打手机也不接。这样的情况令他恼怒却又无可奈何。他怎么也想不明白，曾对他百依百顺的女子，为何瞬间抛他于身外？

另一个女子，与他缠绵之后，向他提出需要一笔巨款。开始，他以为她开玩笑，她却一本正经。他不傻，利用手中权力弄些小钱尚可，那么大一笔巨款，是要冒非常大的风险，为她有些不值。

他就婉拒了她。

令他想不到的是，她居然以向上举报他利用手中权力做了许多非法事件相要挟。这令他非常恼火，却又毫无办法。他无论如何也不能满足她的私欲。

她果真实名举报了他，事事属实，证据确凿，他被判处5年有期徒刑。身边的甜言蜜语与青春美貌的女子全部消失，他觉得是罪有应得。

他此刻想起年轻时她在窗口守候的灯光，觉得自己真是荒唐与无耻。他想，她要是能来看看他多好啊！转念又想，怎么能要求她这样大度呢？她怎么会不恨他呢？

她果真没有来。一个月，两个月，三个月，半年过去了，她托人捎来一封信。信上说：

“我本想来看你，却无法迈出沉重的脚步，虽然有些自责，决定还是不来。不过，家里那盏灯还会为你亮着，我还是每晚为你守候，直到你归来。你还记得那个狂风暴雨的夜晚吗？那样的漆黑，你都能找到家，大概现在的你也可以找到回来的路。”

他的心一热。她真好，她还在窗口苦苦守候，他的心中又亮起一盏灯，他相信她会一直守候到他归来。

这些都不重要

追她的男孩很多，她想找个如意的郎君，在这些追她的人中，他是最有实力，也是对她最为殷勤的。

男孩子有自己的企业，事业正在逐步上升阶段。

男孩子外表英俊，气度不凡，谈吐优雅。

男孩子对她呵护备至，甚至百依百顺。

她的闺蜜都说，她找到了真命天子。

她也觉得他人很好，有实力，有才气，有理想，有进取心，重要的是，对她也非常关心、呵护。

在别人对房子、车子孜孜以求时，他都已经有了，还缺什么呢？

她是满足的，除了物质上的满足，还有他对她理想的支持。

他们很快就谈到了结婚，新房的装修式样都是按她的要求布置的。

最后，她和他商量，婚后，她想把妈妈接来住。

她从小就是单亲家庭，妈妈一个人拉扯她长大，她知道妈妈是多么的不容易。那些日子里的风风雨雨，唯有妈妈一个人去搏击，也唯有她明白妈妈的坚强与艰辛。

后来，妈妈在一次外出的路上遭遇了车祸，被截去双下肢。从此，妈妈只能与轮椅相伴。

经过多次商量，他勉强同意把妈妈接来。但是，他提出要求，让妈妈单独住一套房，他不在乎再买一套房子。

她说："妈妈一个人住，多么不方便。"

他说："可以请一个随身保姆，不在乎那点钱。"

她说："妈妈那样会很孤独的。"

他说："你可以经常去看她。"

她说："妈妈是希望与我们住一起，这样更好。"

他说："那样，我就生活得不方便了。"

她内心有隐隐的不快，但是，她还是忍了。人不能太贪，他已这么好了，还能再要求什么？

后来，他们确定了婚期，把妈妈接过来。妈妈住进了她自己的房子，有一个贴身保姆照顾，她也会不时地去看望妈妈。

那天，他们去准备拍婚纱照，她特意把妈妈带上，让辛苦了大半生的妈妈看看女儿幸福的开始。

她推着妈妈的轮椅，他跟在后面。若即若离。

途中，遇到他一个朋友，聊了几句，她在一边等他。

他的朋友问："那是你女朋友啊？"

他答得爽快，"是，是的！"

她在等他介绍她妈妈，可是他就不再介绍了。

他和朋友分开后，她说："你为什么不介绍一下妈妈给朋友？"

他默不作声。她何尝不明白，他不喜欢别人知道他的岳母是这个样子的，他甚至从未称呼过岳母，对她视而不见。

本来，他们是去拍婚纱照的，可是她却停止了他们之间继续往婚姻之路的脚步。

那么多的朋友劝她，“你疯了吗？这么好的男友不要！”

她说：“他是那么好，可是这些都不重要。我只希望他能在众人面前像介绍我一样，介绍一下，这是我们的妈妈！这就足够了。”

爱一个人，不仅是爱她（他），还要爱她（他）的家人，把足够的尊重与爱都给他们。

证明

那时他还小，大概十四五岁的样子吧？父亲早亡，母亲体弱多病，他像一只无人看管的狗，到处乱蹿，四处惹是生非，每当有人找上门来，母亲泪眼婆娑，向着寻来的人赔不是，他便像是心灵上遭了重重一击，嘴里答应着母亲不再到处惹事。

然而，无羁的少年总以为青春是没有任何遮盖无限张扬的姿态，却不曾想一点一点的恶习已为他埋下歧途的岔道。

那年，一个暮色四合的夜晚，一个妙龄女孩被人奸杀，其状惨不忍睹。一帮无所事事的少年成了最大的嫌疑，他的母亲也曾用目光逼视他，他却湖水样平静，波澜不惊。派出所没有母亲那样对他了解，传他调查，他很配合，把他那天的行踪一一道来，末了还说：“有需要可以随时唤他。”

他出来又去，去又出来。对他的疑问始终不能消除，却又找不到丝毫的证据。派出所重视证据，村邻没有那么严谨，反反复复的进出，就证明他与这件事多少有些牵连，并且他给村邻留下的印象本来就极差。以前，人们对他虽然厌恶，还没有用上鄙视的目光，等他从派出所几次往返后，遇到的尽是不屑与鄙视，停留在他身上的目光都非常短暂，遇上他尽可能背过身去，不理他。

他从未感受到如此悲愤，那些不发一言的眼神像比锋利的刀更尖锐的利器，划得他心灵血液四溅。一天，村里一个和他差不多年龄的孩子骂了他一句，让他再也无法忍受，长久的憋闷像是要找一条出口泄愤，他拿起一把刀，众人以为他会砍向那孩子，却不！那把刀砍向了他自己的无名小指，瞬间，鲜血淋漓，染红了手臂。有人过来帮忙，他嗫嚅着说：“我真的是清白的。”

像是醉酒的人，从此醒来，他改邪归正，与一帮不良少年划清界限。他去工地上搬砖，12个小时，强体力活，成人尚且难以承受，他不叫苦，不喊累，夜晚，呼呼睡去，雷打不动。工头骂他，连嘴也不回，老实得连屁都不放一个。没人相信他的前世，那般恶少。

搬砖，和泥，看工地，搭脚手架，贴外墙砖，砌墙，他在建筑工地上磨脱去一层层皮，也脱去那不羁的狂野。他聪明，自然学会许多东西。一个机会，让他在建筑工地上成长起来，做了工头，然后，不断地变换位置，每换一次，他都会看看那只缺损的无名指，他在心中有一份劝告，对自己，对未来。

后来，他成了一名房产开发经理。他录用有才华的大学生，也对一些世人不屑的人另眼相待，他从不隐瞒自己缺损的那只无名指，有时，还会讲讲无名指的故事。

一个城里的女孩子，是他的工地上的监理，不知怎么的，就喜欢上他了。他的母亲对女孩说：“孩子，他与你不是一路人。”这话，如果母亲不说，他也会说的。却不能说服女孩，她一心要和他好。

有人对他说：“她是看中了你的钱，要是没有现在这么风光，她难以如此待你。”这话，多少击中了他的心。不过，那天，他看到女孩一个人去汇款,她把自己一年节余的钱都汇给了玉树灾区人民。那一刻,他无法抑制自己的泪水,他仿佛看到了当年自己断指的片刻。他决定多捐一些,捐过款后,就向女孩表白自己的心。

至少还有你

父亲生病的时候，瘦弱的母亲就更加忙碌了。破旧的房子更加破旧，风、雨可以从裂开的墙缝里从容地钻进来，母亲用草蘸着泥塞进缝隙中去。可是，母亲的忙碌，改变不了贫困的生活，父亲的病越来越严重，已经卧床不起了，肌肉渐渐地萎缩，男孩子清楚地看到父亲痛苦的模样，脸不停地抽搐，那是因为疼痛，却又不便叫出声来。

那天清晨，男孩看到母亲打开家里唯一的旧衣橱，找出她几件衣服装进包里，就隐隐约约感到了什么。父亲望着母亲，没有吱声，他想：父亲一定和他现在的心里一样知道，母亲在干什么。他用眼神默默地望着母亲，希望母亲能够望见他，可惜没有。母亲既没有看他，也没有看躺在床上的父亲，把几件衣服装好后就背在身后走出了破旧的小院。

男孩子跟在母亲身后，向村外走去。他希望母亲能停下脚步，或者转过身来望他一眼，但是母亲一直向村外走去，而且越走越急，他紧紧地跟在后面，母亲完全可以听到他凌乱、急促的脚步声，还有他大口的喘息声。母亲却没有回头。

村头，他看到一辆客车驶过来，母亲上了车，他看到母亲那复杂的眼神。他希望这是母亲一次外出，过几天就会回来，回到这个虽然贫穷却还有一点温暖的家。父亲需要她，他也需要母亲。

从此，他望穿秋水，却再也没有了母亲的丝毫消息。

见到他回来，父亲深深地叹了口气。他忽然意识到，家里只有他这根顶梁柱了。他一下子觉得自己长大了，他把父亲扶着躺下，父亲默默地盯着他望，他背过身去，偷偷地抹了把泪水，这年，他才10岁。

没有钱买药，自己去山里采，医生为他配了中药方，按药方去采，回来煎熬给父亲喝，可以减轻父亲的病痛。这个10岁的小男孩从此开始采药为父亲治病的漫长历程。在村后有一座绵延千里的山，山上有许多中草药，记者的摄像机镜头随着这个10岁的小男孩一起向山上走去，山路崎岖，并不好走，但是小男孩却在峰回路转、悬崖峭壁间来回穿梭，身体敏捷，动作轻快，忽然，镜头前有一条蛇，吐着芯子向小男孩迅速地游过去，记者呆住了，失声惊叫起来，小男孩面对扑来的蛇，一个闪身，躲过蛇的攻击后，迅速蹿上前拎起蛇的尾巴，拼命地摇动，不大一会儿，蛇瘫软下来，不动了。

记者面色稍稍缓和下来，问小男孩，“你怕吗？”想不到小男孩沉着地回答：“不怕，有时还会有野猪呢？那要难对付得多。不过，那天野猪还是被我甩开了，把它引下了山崖。”

越过一处悬崖，一朵花现在眼前，孩子兴奋地笑起来，告诉记者，这是一株野参，可以卖个好价钱。他们一家现在的生活，就是靠男孩子挖中草药，先给父亲熬药，不用的中药卖给城里的中药铺。山间那些中药，小男孩如数家珍，车前子、人参、覆盆子、穿山甲、胡黄连……熟悉的程度让记者惊讶不已，他甚至可以说出药性、可以疗治哪些疾病。

父亲的身体一天天衰弱下去，甚至连倚在床头的力气也没有，但是小男孩依然坚强地为父亲的治疗奔波着。记者问男孩，“你感到累吗？”小男孩子抹了抹脸上的汗水，脱口而出，“不累，只要爸爸在，我就感到开心。”是的，至少还有父亲在，家就还在。破旧的家、贫穷的生活、劳累的日子，只因家里还有父亲能陪着说话，这一切困难就变得无关紧要。生活中，至少还有你，就有了温馨。

小男孩坚持着，努力地延长父亲的生命。然而——

当镜头切换过去，记者说出父亲已然离开人世，我即刻关掉了电脑，我不愿看到小男孩在失去父亲后无比伤感的画面。

转身看到爱

她原以为他是不爱她的。结婚五年来，她一直与他过着波澜不惊，像一杯白开水似的生活。

说不上他坏，却始终找不出他的好来。他不懂浪漫，也不会制造惊喜，两个人的生活始终缺乏激情。

当初，她只是觉得他很靠谱，人做事踏实，为人真诚，等婚后，发现这些都变成了缺点。他按部就班的性格，让她颇为不满，漫长的婚姻生活里，只有绿荫，却无鲜花。

她会对他发脾气，对他争吵，可是他就像一团棉花，一汪水，无论她怎么折腾，都没有动静。

久了，她厌倦了这样的生活。单位里有帅小伙对她献殷勤，朋友圈里有钻石男对她表示好感。她不真不假地与他们周旋，她冷眼旁观，希望找一理想的男人。

峰恰到好处地进入她的视线，留学国外多年，一家跨国公司副总。他一直向她表示好感，只是她不置可否。

峰送她花，送她戒指，也送她化妆品，更重要的是，峰会在她不开心时陪她，在她开心时一起疯狂。她好像找到了爱情的真谛，内心的不满有了流淌的渠道。

回家，看到他一如既往地沉闷，只懂下班就钻进书房，与世隔绝，这样的男人，舍了也罢。

她提出分手，他略有些惊讶。这怎么可能，他想。

她执意分手，他见挽留无用，就勉强应了。

她急着分开，对那些财产什么的不太计较，倒是他，一一地登记，然后各自归入谁的名下。

她催促，他说：不在乎这几天。

随他去吧。她独自去偷欢。

峰多好啊，懂得她的内心，激发她的快乐。她仿佛再历生命的春天，勃勃生机。

乐极生悲。她在去宾馆的路上，开车与人相撞。峰去医院，听医生说她可能会残疾，不等她醒来，就扬长而去。唯有他，守着她，日日夜夜，精心照料。

她睁开眼，看到这个无趣的男人，正在给她擦洗身体，为她接大小便。而能够给她快乐的峰，却不再现身。

那一刻，她的泪水滂沱。

她即将离开他了，是她提出的，可在她最需要时候，他依然不离不弃地照顾。她是要投奔峰的，可是当她有可能出现危机时，峰却早已忘掉曾经的承诺。

如果不是这场车祸，她又如何发现自己的自私，情感的脆弱？有的爱，它藏在深深的海底，表面看去波澜不惊，谁知，汹涌的情感却在深处涌动。而有的爱，它盛开在外面，光鲜美丽，一场风雨，就落英缤纷，不再惊艳动人。

不用多解释，也无须再验证，真爱就在此刻显现，她一转身，发现那爱一直与她相依相偎，不曾离开半步。

她想哭，泪水肆意流淌，他用毛巾为她轻轻地拭去，犹如照顾未成年的女儿。一举一动，注入无限爱恋。

聊天效益

现代人忙，忙工作，忙学习，忙晋升，忙赚钱，那么多的东西诱惑着人们通过忙碌的劳动去拥有。如果你去路上随便找个人问问，回答你的就是一个字：忙！就像我这个自由写作者，本来有大把的时间自己支配，可也忙得不亦乐乎！忙写作，忙读书，忙出版，忙签合同，从床上爬起来睁开眼就会趴在电脑前打开网络收看E-mail，登录QQ查消息，上邮箱看信件，怕错过重要的消息，在忙忙碌碌中一天就匆匆地溜过去了。

在这样忙碌的生活中，我是不愿浪费时间去闲聊的。那天傍晚，接到一个电话，是四川一家出版社的编辑打过来的，最初，我以为是编辑找我谈出版书稿的事，可她却没有向我反馈这方面的信息，而是与我东拉西扯谈了半天别的事，最后才让我上QQ与她聊。时间，多么宝贵的时间。我陪着她又牺牲几个小时后，她才言归正传，告诉我她策划了一套丛书，想让我也准备一本。听了她的话，我没有多少欣喜，这类出版社编辑约稿，难写不说，还有许多条条框框的制约。就在我想拒绝她时，她却把自己收集的材料传了过来，她的策划稿很有新意，角度也对我口味，原本想拒绝的话就咽了回去。

我仔细地看了她准备的材料，思索良久，终于决定接下这部书稿。忙忙碌碌昏天黑地地码了三个月，终于按期完成书稿，竟一路通畅，一审二审顺利过关，书在交稿一个半月后顺利面市。后来，编辑会与我继续闲聊，才得知她早就常在我的博客里闲逛，喜欢上我的文字，却因为没有合作过，不敢肯定她策划的书稿是否合适我，就先通过电话聊天，又在QQ里试探我的文字风格，待她一切满意，才把书稿材料传给我。倘若我当初没有耐心陪她聊上那些时刻，也许这部书稿就与我擦肩而过了。

还有一次，我正在为一部书稿犯愁，本来与出版社的合同都签了，可是因为出版社最后在印数与出版周期上未能谈拢，事情就黄了。后来，我把书稿的部分内容贴在一些网站，想等待伯乐，却苦等苦盼久无消息。一个久违的朋友却在电话里约我出去喝茶，焦躁的我哪有那份闲情？可他好像故意逗我玩一样，一次又一次地拨打电话，实在没有办法，就赴了他的约会。一见面，我就向他发牢骚，让我想不到的是，聚会的几个人中，就有出版社的书商，他听了我的话，产生了浓厚的兴趣，主动问起我的书稿内容，我把贴在网上的部分章节找给他看，茶未喝完，书稿的“婆家”却顺利找好了。

做出好产品固然很重要，找到好的销售渠道也颇为重要，与朋友们聊天就会在不知不觉中释放出信息与机会，聊天自然也会产生效益。

山就这么高

那年，他在学校的成绩非常不理想，他觉得无颜面对父母，是父母在外拼命地打工，积攒下来钱供他来城里的这所学校读书，希望他将来能够出人头地，可是他现在的成绩根本就没有什么希望考上好的大学，至于将来的高考更是他不敢想象的。

他不敢对父母说：“他不想读下去了。”那样，即使父母什么也不说，仅仅是他们那失望的眼神就会将他击垮。他想偷偷地出去打工，等到生米煮成熟饭再跟父母讲明。他们叹息也好，怒骂也罢，随他们去。

经过一夜的思考，他作了决定，这个星期正好父母从外地回家，他先陪他们过上一晚。也许，这个夜晚是一道分水岭，从此就决定了他未来的人生方向。

父亲看到他回家，很热情地和他讲外面的事情，母亲则在厨房里忙着做他喜欢吃的饭菜。他在等父亲问他的学习情况，可是父亲就是不问。

吃过晚饭，父亲少见地和母亲陪着他一起去村庄西边的小山脚下，父亲说：“娃儿，你看这山有多高？”他小时候爬过这山，因为山势陡峭，荆棘丛生，从未爬到过山顶，所以很难回答。没有经历过，怎么会知晓呢？面对父亲的提问，他不知如何作答。

父亲见儿子沉默，就说："这山，说高也不高，努力去爬了，到达山顶就知道了。如果从未爬到过山顶，你就永远也不知道它有多高？"其时，皎皎的月光洒下来，如同白昼，山在那里坦然地呈现出它的身姿。

父亲说："孩子，今天，你母亲在山下看着，我们俩一起开始爬山，看谁先到山顶？"他想不明白，父亲今天为什么有闲心陪他来爬山，而且是晚上，以前，他很少有这样闲情逸致啊！

不过，他看了父亲一眼，那个在他的眼里曾经高大的身体，现在已经有些苍老了，他不相信会输给父亲。就答应了父亲的要求。

山虽然很陡峭，但是他熟悉这座山的身材，哪里有坡，哪里有路，还有他年轻矫健的身体，他相信自己会爬到山顶的。在母亲的注视下，他们父子俩开始爬山，月光下，两个身影用自己的方式向山顶攀去。

脚下凹凸不平，手被刺破了，腿受了伤，胳膊擦破了皮，脸上还划了条伤口，虽然如此，他还是爬上了山顶，这是他第一次到达山顶。他的心忽然有了一份豪情，他真想大喊一声，告诉别人他内心的快乐。

看到父亲也快爬到山顶了，他弯下腰，拉了一把父亲。父亲也到达了山顶。站在山顶上，父子俩一起大声地对着夜空喊了起来："噢——，噢——"整个小村都回荡着他们的声音。

他对父亲说："山就这么高！"

父亲笑笑，"其实山就这么高。"

他决定回校去好好读书。任课的老师都感到奇怪，他怎么像变了一个人，成绩像雨后的竹笋，“蹭蹭”地升了上来。后来，他考上了一所名牌大学，成了一位非常有名的律师。在他的心中，一直回响着一句话：“山就这么高。”

往事随风

就凭他的一句话，她就抛开如云的追随者，心满意足地与他牵手走进了婚姻的殿堂。许多人有的，他没有；许多人给了对方的，他也没给。但是他那句话着实令她动了心，“我别的什么都没有，我只有一颗爱你的心，如果你嫁给我，我会用爱的心灵温暖你一生一世。”有这句话就足够了，她能透过时光隧道看到那些幸福的未来，过着那种平淡而充实、满足的日子。

婚后，她成了那种小鸟依人的可爱小女人。而他也兑现了他的诺言，宠着她、爱着她，小日子过得温馨而又浪漫。她在家料理家务，他在外打拼事业。可是，幸福就像昙花，开过之后就要萎谢了。问题是她对他从不怀疑，一点点的怀疑都不曾有过。忽然的，没有任何预感，他那天说要和她离婚，她怔了一下，就对他说：“你开什么玩笑？会伤感情的！”说完还佯装生气地拧了一下他的耳朵，他不反抗也不说话。晚上，她想要他的温存、缠绵，可是他没有，连衣服都未脱就睡下了。一根针，狠狠扎在她从不设防的心上。

第二天，他就去法院起诉和她离婚。最大的伤害是最相信的人在忽然之间没有任何征兆地欺骗了你。她的心先是痛，而后就麻木了。泪水都没有。

法庭上,他很绝情地再次欺骗了她。所有的财产、存款都被他转移走了,她拿不出任何的证据证明自己真实的话语。如果可以,她很想用一把锋利的尖刀刺进他的胸膛,然后看看他的心是怎么渐渐地变了的。经过阵痛后,她唯一的念头就是一定要好好地活下去,超过他然后再快意地去整他。要向猫戏耍老鼠似的,一点一点地折磨才过瘾。她对他的恨超过了当初执著的爱。

她不是那种缺少能力的人,只是没有出去打拼罢了,随着她的努力,她的日子一天天好起来。她很快有了自己的店。两年后,又有了自己的小厂。有一次,她发现他在一家工地上做小工,样子很是落魄,她那要复仇的快感竟然莫名地少了几分。过后,她就把他的样子给忘了,一心去做自己的事。奇迹总会在极端勤奋的人面前展现,她的产业雪球一般翻滚,越来越大。她有了自己的规模不错的公司,还有名车、别墅。

有一次在大街上和他相遇,她故意把车开到他身边停下了,他竟怯怯地避让开了,那种懦弱、那种卑微,她很失望,她手中举起的“刀子”竟找不到下手的对象。她不喜欢面对弱者施虐,那爱、那恨、那仇慢慢地随往事一起风化了?她想起以前的那种痛彻心肺的感觉竟然恍若隔世,是看的电影还是做的一个梦?只存留在渺茫的潜意识里?惩治背叛者最好的方法,就是超越他,比他更滋润地生活着,然后让往事随风而逝,不留一丝痕迹。

记忆项链

她清楚地记得他送给她的礼物:生日时的项链、初识时的手镯,那些礼物在她身上戴着,也在她心里盛放着。

相爱的人,除了向对方倾诉衷情外,另一种表达的方式,就会送礼品。一赠一受间,情感就有了寄托。

他们相爱时,还没有现在这些通信方式,更多的是手写的书信,一周一封,她把收到的信整齐地放好,标上记号,没事时会打开看看,想想那时的浪漫。文字不够表情达意,还会自制插图,想你是画一颗心,吻你是画一张唇,拥抱是两双胳膊搂在一起,比现在的手机彩信还有趣。

她那时候在东城上班,天天挤公交,他说,我给你买辆自行车。26女式粉红的自行车,挺好看的,她喜欢极了。自此,她天天骑车上班,风里雨里,晴天阴天,这辆车伴着她一起走过几年岁月。车子早已斑驳,但是在心里,那辆车依然崭新,停留在多年前的那一天里。

她过生日,他说:"去给你买件衣服吧?"

在服装城,她看中了一件衣裙,360元,在当时是近一个月的工资,她有些舍不得。他说:"你喜欢?"她默默地点点头,他即刻付账。那件衣服旧了，早已不知丢到哪去了？但是，那天的欣喜与快乐却一直在心头荡漾。

要结婚了，他们像小鸟垒巢一样，天天去买必备的家庭用品，锅碗瓢盆，舍不得打车，拎在手里，背在肩上，累却快乐。家里那么多的东西，就是他们这样一点点地搬回来的。

时光就是这样一点点地变迁的吧？岁月悄悄地偷走了他们青春的容颜，却在他们心中堆积起太多温馨的记忆。

她喜欢回忆这些点滴，就像一粒粒珍珠，在逝去的时间里闪着光芒，她一粒粒地寻找，串成一根记忆项链，珍藏在心里。

每一对相爱的恋人都有这样一根记忆项链吧？不是戴在光滑的脖子上，而是珍藏在无人触及的心头。

珍珠项链、黄金项链、铂金项链、宝石项链，虽然美丽、宝贵，可是，都能用金钱购买，世间万物，一旦可以用钱能买到，再贵的东西也不过如此。而记忆项链，岂能用金钱衡量？

爱得幸福吗？可以尽力去寻找一下，是否拥有一条这样宝贵的记忆项链。若有，幸福自会不期而至。

第五辑

生命中的一小时

再高的山，也可以一步步地丈量出它的高度；再深的海洋，也可以一米一米下潜测出它的深度；苍茫的星空，广袤的宇宙，在不断地探测中，越来越被人类所熟悉。用坚忍不拔的态度，执著求知的精神，理想与未来的距离就是可以丈量的，可以抵达与触摸的。

负重的人生

我有一个朋友，他为人正直、豪爽，一直不屑于溜须拍马那一套，所以他在单位里干得并不顺心，领导不重视，又受到同事的排挤，后来在单位里更是举步维艰，最终在一个关口，被迫下岗。原来工作上的不舒心转移到家里来了，老婆骂他无能、窝囊，蹿起的怒火再也压不住时，一拳打散了几年的婚姻。

那天，他一副失魂落魄的样子，呆呆地坐在我的书房，有一句没一句地同我倾诉他的苦闷和烦恼。他说他一直想做一个自己喜欢的人，想按自己设计的样子去生活，可是生活中的种种不如意却压着他，要他屈服、让他改变，他只是反抗了一下，身边的一切幸福立即消失无踪。难道人生只有顺从、屈服才能苟且偷生吗？

我理解朋友失落的心态，他一直想过一种纯净、理想的生活，但是人随着年龄的渐长，越来越复杂起来，面临的就不会那么单纯和简单了。而那些生活中的种种压力更是让人感到生活的苦闷和无趣，还有生存的艰辛和底层人所遭遇世态的冷眼。

他不断地叹息着说：自己多年的坚持，还不如早点放弃，轻松一点和别人一样世俗地活着，会比现在好多了。至少在单位里不至于遭人嫌，能够得过且过，也就不至于和老婆闹翻了。现在，简直是自作自受，心里坚持的做人底线并没有给自己带来一点好处，却成了磨难的代名词。而后他又对我说：你是作家，你给我说说，人到底应该怎么样生活着才对？

我又如何能给他指一条路呢？茫茫人海中，一千个人就会有一千种活法，哪一种是对的，哪一种是错的？也不是简单的一句话就能分清的。看到朋友痛苦的神情，我给他讲了一个武侠小说里的故事。许多初习武的人，都发誓要练成高手，以一身武艺行走江湖。起初他们也只是凡夫俗子，为了达到目的，他们开始吃别人不能吃的苦，忍受别人不能忍受的压力。更有为了得到轻功的人，开始在身上绑附诸多重物，用来锻炼自己。一开始，自然感受到不适应的痛苦，可是时间长了，当那些原来外加的痛苦变成了习以为常时，苦闷和压力就渐渐地消失了，而当减去这些附加物时，竟然身轻如燕，身手不凡，武艺就在不断地与苦难的对抗中练成了。

朋友听了后像是醒悟了似的。哦，被苦难纠缠不放时，苦难是重负，而超越苦难后，就会有自己想要的一番天地。我只是缺少了不懈地坚持啊！

在人生的旅途中奔走，起初的苦难与挫折，对软弱的人来说是一场灾难，对不屈的人来说，是人生的宝贵财富。能否成功，就看你是否能战胜苦难与挫折。有的人，把苦难当做一座山压在自己的身上，哭诉命运的不公；而有的人，忍受短暂的不幸，后来却把苦难搬走后垫在脚下，让自己站得更高。

和谁交朋友

人的一生，需要朋友的支持、帮助、交流、引领，如果没有朋友的参与，很难想象一个人踽踽独行该有多孤单。鲁迅说：人生得一知己足矣，斯世当以同怀视之。话里透出鲁迅对知心朋友难觅的感知。

和谁交朋友？这同样是一道难题。有的人，可以同享福，却不能共患难；有的人，会锦上添花，却不会雪中送炭；有的人，见利忘义，不断地背弃，不断地攀附高枝……

交上好朋友，令人愉快，交上恶朋友，徒生烦恼。那么，和谁交朋友呢？

和自己兴趣相同的人交朋友。因为志趣相投，有共同话题，聊起来投机，在相互切磋中共同进步。不论是纵深的探讨，还是横向的交流，都因为兴趣所在，可以无限延伸，越广泛越愉快。倘若话不投机，你谈文学，他说股市；你对新车津津乐道，他却醉心于彩票号码的推测预算；你安贫乐道于花前月下，他却神驰于房地产如何快速聚敛财富，就像两条道上的列车，怎么也跑不到一起去。

和坦诚的人交朋友。坦诚的人，不做作，不虚伪，不客套，不溜须，用真诚的话语浇灌友情的花朵，用诚挚的心灵碰撞另一颗心灵。

坦诚的人心无城府，有一说一，有二说二，不玩心计，没有诡诈，就像林间溪水，淙淙流淌，清澈、透明，开诚布公，坦荡磊落。和坦诚的人交朋友，没有内耗，就像两个国家相互坦荡，不在军事上竞争搞内耗，怎么会不收获更多的发展机遇？

和有思想的人交朋友。思想是一柄锋利的匕首，能划开混沌与愚昧的屏障，把真理与真相一目了然地旦现在面前。历史长河中，能留下来的话语，都是有思想的话语，强权与武力能蒙蔽一时的目光，或者扭曲短时间的真相，却无法在未来占有屹立不倒的真理。天主教会可以利用强权活活地烧死布鲁诺，却无法烧毁他的不朽思想。无论教会的神父们怎么诱惑，他坦然地回答说："我的思想难以跟《圣经》调和。"苏格拉底可以被毒杀，却没有人能窒息他照耀人类的科学思想。

思想是人类旅程中的火把，照耀着人们前进的方向。和有思想的人交朋友，心里不会有黑暗，也不会被短暂的困难与挫折所阻挡。不要怕被思想的锋利所割伤，那些遭遇思想割裂的都是不值得怜惜的腐朽之物。

和正直的人交朋友。正直的人有自己坚持的底线，有自己的信仰，他们不会为了利益与好处放弃为人的宗旨，即使没有强势的权力，却也敢于在强权面前不去助纣为虐。正直的人是一道阳光，面临乌云遮敝的时光，也不会收起自己的光芒。正直的人是社会的良心，他们不会为了所谓的利益丧失对真理的坚持，也不会为了讨好势力者放弃自己的坚守，一个地方，一个国家，都应该有正直的人生存的空间。

和善良的人交朋友。善良的人是美好的化身，和这样的人交朋友，始懂得尘世的温暖与可爱。善良的人不分贵贱，他们用各自的方式表达着善良的种种。可以是友爱，可以是捐赠，可以是帮助，可以是搀扶，可以是安慰，可以是鼓励，可以是支持，可以是认同……只要是对美和真的坚守，就是善良的延伸。

和一切懂得友爱、尊重、诚实、坦荡、积极、进步的人交朋友，不仅让自己获得了美好的愿景，也让更广阔的空间有了美好的和谐环境。

理想在前方

朋友大林，大学毕业后，一直未能找到比较理想的工作，拿着微薄的薪水。后来，他干脆辞掉工作，自己在街头开了一个书报亭。我一直弄不明白，大林为什么做这个极为普通的事，没有多少前途，也不需什么文化。他简直是在折腾自己。

大林原来是有理想有抱负的人，莫非在这些年求职的不顺中遭受了打击，放弃了最初的追求？

我明白，大林对文学有很执著的追求，他一直梦想自己成为一名职业作家，因而在每次求职时，都因他另类的思维不能受到重视。

大林书报亭开业时，曾经给我打来电话，让我有空儿去照顾他的生意。现在报刊业经营受到网络冲击，读书看报的人锐减，大林能有什么好办法？

有一次，我路过大林的报刊亭，他正在捧着一本文学杂志沉醉其中。报刊亭里除了一些杂志，就是日常生活用品，与其他报刊亭不同的是，大林自己订阅了许多文学刊物，估计不是卖的，是他自己用来学习的。

大林告诉我，这报刊亭收入一般，但是他乐得拥有很多属于自己的时间。

大林的生活比较艰难，从农村出来，在这个小城既无房产，又无存款，想发展自己不容易。现在待在一个小报亭里，又没有了人际交往，缺少人际关系，怎么能获得机遇？

我对大林说："我有一个朋友搞房地产，人很不错，我介绍给你认识，没事时帮他工地上进一些沙石、水泥什么的，赚些钱。用来改善生活。"原以为大林听了会很感激我的，想不到他无动于衷。对这个朋友，我有些恨铁不成钢。他现在这个样子，什么时候能在这个城市站住脚？

后来，我虽然也会与大林通电话，却没有机会再见面。这个快速运转的时代，还有谁不被推进轨道跟着转？工作、生活、朋友、未来，都需要努力打拼与发展，没有人敢脱离轨道。

就在我快要忘记大林时，大林忽然成了我们这个小城的名人。大林的小说发表在国家级重要刊物上，被著名导演看中，正在准备筹拍影视剧，据说当地领导都被吸引进来。如果此次影视投拍成功，拍摄景地将会被开发成旅游资源，给当地旅游业发展带来契机。

比这更重要的是，大林的作品获得文学圈认可，他的下一部作品还没有写出来，已有出版社找上门来签约，开出的版税令人眼红。一直待在那个小报亭里的大林，居然抛弃所有诱惑，直奔理想而去。

在大林成名前，没有人不说他傻，包括我这位朋友，也认为大林不可思议，不能跟上发展的节拍，可当大林实现自己目标后，瞬间又成了我们羡慕的对象。

其实，大林这么做是对的。他朝着自己预定的目标奔走，不在意世俗的目光与议论，更不在意世间别人的评论。如果事事都聪明地得到别人夸奖,那么怎会有今天的成功?只有心中装着理想,把它当作一盏闪耀在远方的灯塔,敢于舍弃无所谓的短暂利益,努力与勤奋地打拼,才会获得最后的成功。

自己的长处

有一个女孩子，大学毕业后，一直在外面漂，淮安、南京、北京，在许多个城市里漂游。她不太爱说话，只是太迷恋文字，喜欢文字里面隐藏的喜怒哀乐，她把那些文字细细地品味、抚摸，就像细腻、光泽的肌肤一样令其着迷。

有一天，她的母亲在电话里对她说：“你回到我们住的这个小城来吧！这里正在面向社会公开招聘干部，那些负责招聘的人，与你父亲很熟。”母亲的话里透出了一个强烈的信号，回到小城里来吧，这里都是你父亲的熟人，会很照顾你的。她知道母亲很希望她从政，这是一条充满阳光的明媚道路。风风火火的母亲自己曾热烈地盼着那一天，可惜总是没有机会，现在，她要在女儿身上实现这个梦想。可是她连丝毫的犹豫都没有，就拒绝了母亲热情的召唤。她明白，自己太热爱写作了，除了写作，世上还有什么工作值得她如此投入呢？她不停地写，在文字中倾吐，在文字中描绘，在文字中想象，在文字中爱恋，她把文字当成了自己的情人。

她在工厂里时，把坐车的时间用来构思，休息的时间抄誉文稿，不敢让别人知晓，偷偷地把装稿件的信封塞进路边绿色的邮筒。她在一间租来的旧房子里写作，不停地写，作品却没有不停地发表，她有时也很疑惑，这条艰难的道路，是否适合自己走下去呢？她把自己认为满意的作品，仔细地抄誊好，拿给父亲以前的老朋友看，父亲的老朋友是有点名气的作家。过了几天，她在父亲那位老朋友的家里有点不知所措地等待着什么？那位老作家先是东拉西扯地说上一通，根本不是她想听到的批评或者表扬，淡而无味的话语，找不到南北。倒是老作家的夫人，在背后隐隐约约的嘀咕声，听得分明，年纪轻轻的女孩子，都写了些啥啊？

她明白，在老作家这里是找不到写作的捷径的。

她依然热情不减，在文字里倾注更多的汗水。

也许是她自己拥有这份天赋，也许是她的努力浇灌出了希望，她的作品开始接连在有影响的文学期刊上发表。她开始受到更多的文学界人士的关注，她的作品多是描写她熟悉的生活，小时候的记忆，家庭里的恩怨，父亲身边的人物，乡村里的穷亲戚，在她的作品里都可以找到透口气的机会，凡是她熟悉的人、事、物，都可以走进她的作品里登台表演。

此时，她的母亲又一次期望她改变方向，不要写这些纯文学作品，要是能在通俗文学上闹出些动静，或者把作品写得畅销，名利双收，不是一举多得的好事吗？她笑笑，回答母亲，我写不出那些让别人追捧的作品，我就写这些我非常熟悉的人物，写写他们的苦辣酸甜，他们的无奈与辛酸，母亲有点无奈，面对这样倔强的女儿，有什么办法呢？

她的作品写得越来越多，发表得越来越顺畅，获得的奖项也越来越响亮，《花城》《人民文学》《收获》《作家》等刊物接连推出她的重磅小说，她的《化妆》登上当代中国小说排行榜（中国小说学会主办），《大老郑的女人》获“人民文学奖”，紧接着，《化妆》再获中国作家“大红鹰文学奖”，《大老郑的女人》获得鲁迅文学奖。这么多的奖项就这样面对一个刚刚走上文坛的女孩子灿烂开放，她被众多的文学评论家褒奖，她的作品成为众多出版社抢手的书稿。

她还是那么静静地写着，她太热爱文字了，那是自己的一份情感寄托。她出色的写作才华，被广东作协相中，开出了优厚的条件，移植去粤。2008年，她当选“广东省十大杰出青年”，耀眼的光环再一次放射光芒。她是谁？她就是原籍江苏的女作家魏微。

她的成功得益于什么？是她的努力，还是她的天赋？这些，当然重要，更重要的是，她明白自己的长处，她不为诱惑所动，不为外力所阻，不断地经营自己的长处，经过多年的浇灌，终于开花结果。

人生的正反比例

每个人都期望付出与收获成正比，付出得越多，收获越丰厚，现实却往往令人无比失望，付出了很多汗水，却只能收获微薄的成果。许多在工厂里打工的人，一天工作12小时以上，工作环境恶劣，超强体力劳动，每月的薪水却是薄薄数张钞票，不敢奢侈地乱花，节俭着从胃里省下几张匀给父母与子女使用。即便是未婚的青年男女，捏着那几张钞票，也不敢进入服装专卖店，只能从路边摊上捡几件衣衫涂抹青春的色彩。

认识很多年轻的文学爱好者，他们的梦想与汗水洒落一地，却从未收获过理想中的闪光镜头，参差不齐的文字怎么会获得名刊的欣赏？即便地方小报，也不一定给他们留下零星版面，供他们崭露头角，倒是那些炙手可热的人物，得以连篇累牍地尽情挥洒用来教诲别人。

见过一位酷爱文学的中年人，他从青年开始，对文学不离不弃，在别人纷纷抛开文学，去社会舞台上寻找更多精彩时，他还是躲在文字里，寻找那片精神的高地。他付出了时间、精力、汗水，还有他的激情与梦想，可是文学对他是那么吝啬，只会偶尔给他一点机会，让他的名字在报刊上露一下脸，然后再也提不起半点兴趣。就像沙漠里遥远的绿色，在旅人几乎绝望时，又会在风中摇曳，激发起旅人的欲望与信念。

越是在底层，付出的汗水越多，获得的越少。有人说：在向上走的过程中，不要介意得失，多付出是为了以后的多获得。道理是如此，却很少有人能坚持到收获季节。其中有很多复杂的因素，并非全是坚持与否的缘故。

有的人，为了一个理想，矢志不渝，终生都在为之奋斗，也未必能够如愿以偿，其境况往往凄凉不堪，尤其是那些看似耀眼光鲜，却是令很多人无法做到的行业。明星、大款，成功者往往是众人趋之若鹜，他们背后的辛酸及他们为之付出的努力，有多少人可以承受？

而当成功之后，人生往往呈现出另一种反比例，即付出并不多，收获的却是丰厚的回报，不论是金钱，还是荣耀。同一所学校里出来的学生，能获得学校邀请的，都是成功者，那些脚踏实地，默默奉献者，一样被教书育人的学校所忽略与漠视。无论是舞台，还是灯光甚至掌声与鲜花，都留给了拥有声望与地位者，他们的话语成为名言，他们的经历成为榜样，他们的习惯与动作被镜头摄下，在各种场合反复播放。

其实，成功者看似幸运与风光，也需要能力去把握。有的人，在这种舞台上享受此等荣耀时，往往忽略了之前的种种付出，变得头重脚轻，忘记了自己的位置与真实的分量，在飘飘然中又会跌下台来，成为众人口中的笑柄。

秤砣虽小压千斤，不是秤砣的能耐，而是秤杆带来的能量，在成功者的舞台上，荣耀、地位、权力、财富，都是那秤杆，他们占有的越多,所能代表的分量越大,不过,也需要好好地使用,不能把属于社会与大众的东西统统揽进自己的口袋,虽然当时他们可以做到,最终却会得不偿失,把自己也装进去囚禁起来。

所以,无论人生的正比例,还是反比例,都要人们保持清醒的头脑,在付出的时候,要有对未来充满希望的积极信念;在获得的时候,要有自我与大众之间的合适位置,秤杆再长,那是别人赋予的,都不应全部归属于自己的一片天地。唯有如此,人生的比例才会得到更好的发挥与运用。

人生总是有缺憾的

他们相爱时，都还没有什么根基，在这个城市落下脚来才仅有三年。不过，她在心里暗暗想，上帝让他来到自己面前，并且从此牵手，也算幸运。

和所有相爱的年轻人一样，他们沉浸在甜蜜与幸福中。他们常常描绘未来的模样，有一处不大的房子，生一个可爱的孩子，甜蜜幸福地开始家庭生活。

他们在这个城市四下里寻找房子，每个售楼处都会有他们的足迹。房子真是太贵了，那些漂亮的售楼小姐嘴里飘出的数字，好像不是钱，不是辛苦赚来的。

经过反复比较，他们决定买城南一处较为偏的房子。朋友问："为什么买那么偏的地方？"他们只能在心里说："只有那里的房子，才是他们可以承受的啊！"

房子是按揭的，自从签了购房合同，他们就开始规划这个房子的布置。他们就像小鸟垒巢一样，一件件地购置这个房子需要的一切。

年轻人相恋浪漫的鲜花、烛光、旅游，都离他们很远。

他说：等我们搬进新房，手里有了积蓄，一定会有更好的生活。

她相信他的话，和他一起努力先安置这个家。

当新房被他们装修一新时，劳碌辛苦的他们却开心无比，从此，他们可以在这个城市有温暖的小巢了。只是镜子里的他们，憔悴不堪。

生活，就是一道选择题，你选择务实，就要舍弃浪漫；你选择浪漫，就要丢掉实际。没有多少人能左手收获浪漫，右手抓住实际。

为了小小的房子，他们付出了很多，节衣缩食，辛勤加班，为的是省钱还房贷。

终于可以轻松了，却发现，他们已不再有浪漫的心情，也无法寻找到那种迫切的渴望。

如果当初他们不去选择节衣缩食购房，开开心心地玩乐，尽情挥洒浪漫，也许会有另一种快乐，那也未必就可以了无遗憾，漂泊的感觉，四处搬家的辛酸一定不会缺少。

生活就是这样，总是无法把那个圆画得完美。

有钱又如何？即便可以购得舒适的住房，又有浪漫温情的恋爱时光，也会有遗憾存在。缺少一起奋斗的历程，没有相依的经历，那种爱情经不起风吹雨打。

不要期待完美，就连维纳斯尚有断臂之憾，何况平凡的你我？

生活可以存有缺憾，内心一定要有追求完美的动力。这样，即便生活在缺憾中，也一定可以阳光灿烂地微笑。

生长的环境

我大学毕业后进了一家企业工作，在举目无亲的城市里，我的一切并不如意。本来以为跳出了农门就可以活得舒心一些，可是走到了社会上才发觉社会关系远比我想象的要错综复杂得多。眼看着一个个学历、能力远不如我的人因为有着各种各样不同的关系却得以升迁，而我努力工作却无人赏识，一种愤恨与不平油然而生，当心理错位了，就把一切颠倒了，我变得不再努力进取，做事得过且过，工作敷衍了事。可想而知，我的处境是多么糟糕。

那年休假，我从繁华的城市回到遥远的家乡。父亲看到我闷闷不乐的样子，没有过多地询问我的情况，也许父亲已从我的举动中发现了一切。那天午饭后，父亲让我跟他一起下地干活儿。想想已好久没帮父亲做农活了，就默默地跟在父亲的身后。

不知何时，父亲已与村邻调换了土地，父亲用一块好地换了别人不想要的地，面积却是原来的3倍，看着地里的庄稼蓬蓬勃勃地生长着，我不明白父亲的用意。父亲指着远处原来属于我们家的那块土地对我说："娃子，你看，远处那片土地原来是划分给我们的，大伙公认的好地，种啥长啥！"父亲说完抬头望了我一眼，我点点头。是的，父亲是种庄稼的能手，那些不同的庄稼在父亲那双粗糙的大手调教下，长得格外诱人。

父亲接着又指了指我们现在的这块地，对我说：“这是片谁都不想要的地，村里第二次重划土地时，把这块地打折扣了，以三当一，还是没人要，我就不信，把它留了下来。我仔细研究了一下，发现这块地是沙土地，不适宜种植一般农作物，但是沙土地更适宜种花生等作物，你看我现在地里的庄稼长得多好。”父亲说完自豪地笑了。而后父亲又带我去看了我们家原来的那块地，发现地里的庄稼长势并不喜人。

“再好的土地，也需要会料理，需要种子肯发芽努力生长才成。”识不了多少字的父亲居然说出了这么深刻的哲理来，我明白了父亲的用意。“你看那片人们都不肯要的地，我找到了适合土地生长的作物，不是一样可以丰收吗？不要怨土地不好，要会选合适的种子。”父亲说完意味深长地望着我。

再好的土地，自己不发芽生长，就会一片荒芜；别人认为不好的土地，只要能了解它的习性，找到适宜的种子，一样可以丰收的。我豁然开朗，心情又快乐起来。不久我回到单位，热情高涨地工作着，我首先要发芽生长，然后再分析我身边的这片土地适宜生长怎样的庄稼，就完全可以获得自己人生旅途想要的丰收。

生活的速度

我有两个朋友，明和阳，他们都很聪明，可由于出身贫困，初中还没毕业，就双双辍学打工去了。

由于他们聪明、好学、肯干，不久，他们俩就被老板安排在重要岗位上，待遇也很好，比其他打工者的工资高出许多。

可是，没过多久，明对我说：他要重新找厂子干。

我不解，问他为什么？是老板对你不好吗？

明回答我说：“不是老板不好，是老板把我们能利用的时间全用完了，我没有自己的时间做自己想做的事情。”

听说明要重新找厂干，阳就劝明：“到哪里找这么好的厂？给我们这么高的工资，又从来不拖欠。”

明摇摇头，对阳说：“老板是不错，厂里的待遇也很好。我们现在去别的厂能有这么好的待遇吗……”

阳对明说：“是呀，你既然什么都明白，可为什么还要辞去这个来之不易的工作？”

明说：“我们现在只是老板手中工作的机器，我们没有一点自由的时间，这样下去就没有自己的理想了。况且这是在打工，难道我们就只能这样打一辈子工？”

见明不听劝告，阳也只好无可奈何地摇了摇头。

后来，明重新找了一家工厂，工资只有原来厂里的一半，但工作比较轻闲，自己拥有较多的自由支配时间。原来，明想拥有空闲的时间是为了参加自学考试。他在重新找好工作后，就到自考办报了名。

几年时间过去了，阳把打工赚的钱，盖了新房，娶了媳妇。而明还与原来一样的贫穷，人们就讥笑明，你和阳不是一样聪明吗？人家阳赚钱盖了新房，娶了媳妇，你看看你有什么？怕是连媳妇也娶不上？事情也确如人们所说的那样，没有女孩子喜欢明，他那么落魄，一无所有。

明像是没听见，依然在上班之余，埋头钻研书本，又是两年过去了，阳已经有了孩子了。明也终于苦尽甘来，拿到了梦寐以求的大专文凭。

明又辞去了现在的工作，到一家企业去搞销售。慢慢地，明的收入一路攀升，很快超过了阳。

阳还在厂里做先前的工作，只是企业效益已大不如从前，工资也降低了不少。而这时，明则已经升为部门经理，月工资是阳以前一年的收入总和。

又过去了几年时间，明和一个真心相爱的女孩结合了，并在那里新购了商品房，在城里安了家。

阳整天忙忙碌碌地上下班，拿着仅够生活用的工资。

有一天，明和我聊起说：“每个人都是一辆在生活的道路上奔跑的车子，而他的学识、能力决定了他奔跑的速度。有些人，从一开始上路就不停地奔跑，他们不问自己的速度是多少？能不能比得过别人。而有些人，他们不在乎跑得迟早，而很在意怎样去把跑的速度提高。有了较高的速度，起步慢一些并不要紧。就像农用车和奥迪车比赛，那结果是不言自明的。”

有些人一辈子都在劳作，他的速度就像蜗牛，即使穷其一生也行走不了多远；有些人却在这忙碌的世界里轻松地生活着，因为他练就了飞奔的速度，他会把生命中更多的时间用来享受生活。我们是愿一辈子不停地劳作来创造生活所需，还是轻松地工作着享受生命的乐趣呢？

生命中的一小时

多年前，我在离家30公里的一个小城打工，下班的时间比别的单位提前一个小时。与我一起参加工作的小吴会坐车回家，行程正好一个小时，而我则在这段时间里去图书馆看书，晚上回到单位的宿舍里休息。

小吴常常在第二天给我讲他路上的见闻，还有回家的快乐，与亲人愉快地交谈。我听到他的话，内心也隐隐地觉得有一种感情在心底涌动，想回家看看。但是此时，我又想起自己的计划，要利用这里的有利条件去学习，如果经常回家，我制订的读书计划就会落空。

有时候，人待在安静的图书馆里，思绪也会游离出去，只有夕阳的光芒射进窗户，让我感到时光的慢慢流逝，才会使我收起自己游离的思绪。那段时间，我啃遍图书馆里的文学书籍，仅摘录笔记就写了厚厚的十多本，那些颜色不一，厚薄不均的笔记本里藏着多少焦渴不安夜夜难眠的时光啊！

有一天，我收到家信，是父亲写来的。父亲那双做惯了农活的手，已生疏了文字，写来的信上字体大小不匀，笔迹用力有深有浅，但是那久已未见的父亲熟悉的字迹还是打动了我思乡的情感。我收拾好行礼，准备回家，一小时就可以到达了。在我背起行囊，就要抬脚出门时，桌子上方的条幅牵扯住了我的脚步，那里写有我的座右铭：时光溜走了，就再也不会回来。

我把行囊轻轻地放下，而后展开信纸，给父亲回了一封信。信里倾诉了我的思念，但更重要的是表达了我要努力学习的决心。一分辛苦一分才，我的努力没有白付，三年时光，我从一位文学爱好者成长为职业撰稿人，获得的稿费数倍于我曾经的薪水。

后来，企业的效益逐年滑坡，我辞去那份工作。小吴也因为成了家，有了孩子，再也不想奔波在外，安然地种着几亩庄稼过生活。

有一天，小吴略有羡慕地对我说："要是早年也像你一样多努力就好了。若不想在外奔波，也可以用自己的智慧赚钱。"听了小吴的话，不知为何，我没有认可他的话语。最努力的时候，我曾经7个多月才回家一次，而母亲曾因为患病与思念我，短短的时间变得苍老很多，那些原本乌黑的头发全白了，这些又如何用所谓的"成功"来换取呢？如果时光可以倒转，我会按时抽出一定的时间回家看望双亲，而不会为了努力学习把时间全用在读书上。

世间最公平、公正的就是时间了，它不会因为谁贫穷，或者富有，更不会因为谁的权力大，就给予他比别人多的时光。那不断嘀嗒的声响中，传递给每一个人都是一样的，只是使用的人会花在不同的地方罢了。

亲情、事业、爱情，都需要我们花费一些时光去滋润与浇灌，倘若为了自己的理想，对时间的分割有所偏差，那就会收获有缺憾的人生。生命里的时光，我们要去格外地珍惜，但有时也要懂得把它消费在合理的地方，那样我们才不会虚度了光阴，获取无悔的人生。

甜咖啡苦咖啡

他第一次约她来这样一家温馨、浪漫的咖啡厅，他一直喜欢这里的安静的气氛，还有咖啡的香味，他们坐下来时，他习惯地向侍者要了两杯咖啡。当咖啡端上来时，那种浓浓的香味弥漫开来，他轻轻地啜饮杯中的咖啡，一副享受的样子。她只轻轻地吸了一口，却极苦，含在口里咽不下去。看到她皱着眉的样子，他轻声地问："怕苦？"她不好意思地点点头。他向侍者招了招手说："拿块糖来。"当侍者把一块方糖放进杯中时，那苦味就消失了。可是他却自然地吸着那杯苦咖啡，有一种莫名的享受在其中。

他是一位成功的人士，年龄还不到30岁，却已经在房地产界崭露头角，而她的父母是市里的高干，一直波澜不惊地享受着安逸、舒适的生活，他们走到一起，是人们眼中标准的郎才女貌。可是谁能知道他出身乡村，从小吃足了苦头，好不容易考进大学，毕业了却找不到满意的工作，当许多才华不如自己的人因为家庭有着良好的社会关系而纷纷进入令人羡慕的单位时，他的心里生出了诸多的苦闷，于是他决定进入企业发展，因为企业里的用人机制比机关里灵活，未来机遇也广阔多了，更适宜像他这样没有背景，但有着真才实学的人去奋斗。也许生活中的苦尝多了，心里感受的酸甜苦辣就淡了，面对那浓浓的苦咖啡，并不觉得苦，反而喜欢里面那种回味悠长的苦味，留在口腔中的时间稍长，那苦就变成了香味，久久不散。

她一直生活在优越的环境里，没尝过一点苦，她习惯的是优越与舒适。面对眼前的他，就像杯子里加了糖的咖啡，她不要他以前的那段苦涩，只要加过糖后的香甜，享受他现在的成功、现在的光彩。他看着她优雅的样子，心里却在想：她真美，可就是缺少了点厚重，就像加过糖的咖啡，苦味是没了，可是喝不出真正咖啡的滋味来。就像那两杯咖啡，飘出一样的香味，只是一杯加了糖，一杯没有糖，和他俩的出身很相似，一个是苦出身，一个是蜜罐里泡大的。

后来，他因为投资扩张太快，资金陷入了严重紧缺的黑洞里，他愁眉紧锁，夜夜无眠，身边生意上的朋友在他风光时总会锦上添花，现在困难时却无人雪中送炭，甚至有人借机拆台希望他垮掉。而她此刻深深地感到了他的为难，与他一起跑银行，找朋友担保办贷款，可是银行也是帮富不帮穷，对他们现在的情况不肯放贷。那一刻，资金的困扰让她真的感到了生活的苦涩，就像她喝的那口苦咖啡，滑入口中，滋味却萦绕在心头。

后来，还是他咬紧牙关卖掉了手里另一个企业，才盘活资金。一切又正常运转起来，而她却好像经历了两重天，口中喜欢的甜味渐渐地淡去，她忽然明白了他为什么在咖啡里从不加糖的秘密，生活中的滋味远比口感浓重，当你面对生活里的酸甜苦辣从容以对时，就能从苦中喝出一份香甜来。

看到她也能轻轻地啜饮无糖的咖啡时，他的心中忽然升出一份感动。现在的她才是他一直想要的妻子啊！面对生活的酸甜苦辣，从容不迫，淡定自若，其实咖啡中那苦就是生活的某种警示，你能把它喝出甜来，就是超越了生活的浅层，找到了生活的真谛。

甜咖啡，苦咖啡，多么真实的感觉啊！

我的名字叫努力

20世纪90年代初，我从航校毕业，进入航运业工作。在船上，由于特殊的工作环境，休闲时间比较多，那时年轻，特别想发展自己，就在自己最喜欢的文学上寻找突破口。船泊港后，我最喜欢逛的就是书店，每到一处，别人寻找的是风景名胜，我却关心起这个地方的书店在哪里？是否便捷？人去了书店，犹如船进了海洋，舒畅而自由。记得在南通的一次购书，掏空了我刚领薪水的口袋，当我把成捆的书搬回来时，令同事惊讶不已。有的人感叹，有的人讥笑，“都成为一名船员了！还有什么远大理想？”

也许在他们眼里，用辛苦赚来的钱买回一大堆没用的书实在是愚蠢至极。与之争论，实在没有丝毫用处，走自己的路，让他们说去吧！买回来的书整齐地摆放在床上，居住的船舱狭小，没有书橱，床就成了最好的书架，原本仅够容身的单人床，现在被书占去了一半，就只能侧身而卧了。经常在下班后，就着床头微弱的灯光，一颗心浸入书海里去，在知识的隧道里寻找心灵的碰撞。

那时候，爱好也只是爱好，不知道自己究竟能走多远？对于自己投入进去的精力、时间，还有金钱，从未想过回报，也不可能想着回报，利用业余时间读读书，能从书中读到什么？连我自己也有些茫然。“书中自有黄金屋，书中自有颜如玉”。这不是我所梦想的，那时有的，只是利用读书来打发一段寂寞的时光，还有从中找到一份心灵的慰藉。记得当初的《江苏工人报》有一则征文，“读书改变人生”，我信手写了一篇应征作品，《我的未来不是梦》，就是讲我读书的经历，从书中找到自信与理想，虽然读书能带来什么自己从未多想，但相信读书可以给自己带来知识、进步，从而给未来一份信念。令我想不到的是，这篇未加修饰的文章，竟然获得了二等奖，不但收到了奖杯、证书，还有300元奖金，这笔奖金相当于当时半个月的薪水，这不由让那些曾经讥笑过我的同事们咋舌，同时也给了我许多鼓励。

那一年底，默默无闻的我被单位里评为优秀新闻报道员，彩色照片登在企业报上，我小心地把那份报纸收藏了起来，休假回家带给父母看，让他们也分享一下我的喜悦。不过，读书也给我带来了烦恼，那是不去随波逐流的痛苦。因为读书，就不能跟随别人一起玩乐，就显得“与众不同”，这让当时的小领导有点不悦，终于被他逮住了个机会，那天船待闸，我捧本书沉浸在里面，他当即厉声指责我：“你有什么了不起的！值班时间乱读书，识几个字，能写点小文章就真的以为自己成作家了？”我没有与他争论，明明是受了委屈，却也把书放在一边，尽管别的值班人员可以聚在一起打扑克而无动于衷，那只是找到机会对我一种不满的暗示。

后来，离开单位，我依然对读书情有独钟，仍然没有期望有所回报，读书也只是一份心灵的渴求，只是，我已开始职业写作，并通过写作获得一份稳妥的收入。我从不期望读书能有回报，不过，读书还是给了我回报，我航校毕业，学的是船舶驾驶专业，却吃起了文字饭，如果没有持之以恒的阅读，是不可能走到今天的。虽然我把读书看做是一件正常的个人爱好，但是读书却像血液一样流进了我的思想与意识里，书里的趣味、作家的言行、文字的思想，纵横古今穿越时空纷至沓来，我是在文字的浸泡下开始发芽生长并渐长渐大的。

回到故乡，我躲进城区一隅小小的套房里写作，在文字世界里穿行，我没有太大太高的渴望，写自己喜欢的文字，换回足够生活的银两，躺在床上昏天黑地去读书，忘却尘世的忧烦，当是我最大的快乐。当别人在现实世界里呼风唤雨，在仕途上飞黄腾达之际，我依然醉心于文字给我的快乐，我阅读文字，抚摸文字，关心文字，文字是我心灵的挚友。

在漫长的人生里，我所要的，就是读书，在书里寻找快乐，寻找智慧，也找到自己的梦想，我在读书的快乐里一点点地努力接近自己的目标，这比什么都重要。人生总要有点痴，我宁愿在书里痴呆，成为书本里一粒饱满的文字。

无处下刀的婚姻

她是一名外科医生，技术精湛，品行高尚，不仅圈里闻名遐迩，就连她所在的小城人都视她为明星。亲友病了，首先去她所在的那家医院，再排队等她做手术，不论是病人还是病患亲属，都对她格外信任，由她做的手术，就会让患者与家人特别放心。

外地的医院有时也会请她去做手术，这种机会不多，她的手术总是排得满满的，有时连休息的时间也会被调出来安排了手术，那是因为有人托亲拜友找到她了，而她又是那么善良，自己累就累点吧！很多时候，连她自己也觉得不可思议，自己一天下来可以做三台手术，从早到晚，如果手术过后，她会觉得非常累，一旦上了手术台，她就像演员进入了角色，只有器械在手里不停地转动，把病患身体上的病灶切割下来，只有完成这个任务，她才会恢复到常态。

她的丈夫劝过她，不要太累了，这样不好！对她、对家庭都不好。她理解，歉意地向丈夫笑笑，算是给丈夫一个安慰。她知道，她欠丈夫与孩子的太多了，没有时间陪他们，不能给丈夫有规律的生活，不能给孩子一个母亲起码的照顾，也许，她是该缓下来，留下多一点时间陪陪家人了。

当初，她是一名外科有名的医生，他是一家报社名记者，他们郎才女貌，不，她也是非常有才气的，上天太眷爱他们了，不仅给他们超人的相貌，还给了他们过人的才华，这样的眷顾，究竟是上苍的恩宠，还是蓄意的阴谋？

病人、病人的家属太需要她了，医院也太需要她了。有时，医院的领导看到她太累了，会心疼地安排她休息一下，可没等她享受这份难得的时光，就会有各种各样关系托来的亲友打来了电话，央求她，安排一下时间，给病人做次手术。她太好说话了，或者她有工作狂倾向，每当听到有病人需要她，她就会觉得莫名地亢奋，劳累与疲倦一扫而光。

有一回，她陪着孩子与丈夫正在逛街，接到一个同事的电话，是同事的舅舅需要做手术，想请她安排一下时间。因为安排的手术多，接连几天身体有些透支，医院领导特地批了她两天假期，而当她接到这个电话却有些心神不宁，丈夫有些不悦："好像医院离了你就做不了这例手术似的？"孩子也说："妈妈，你说好陪我玩一天的，不能失言哦！"她第一次违心地答应丈夫和孩子，这次不走，陪着他们。

可当电话第二次响起的时候，同事告诉她病人从乡下赶来，很不容易，同事的话还未说完，她的心一下子乱了，满脸歉意地望着丈夫和孩子。丈夫无奈地挥挥手："去吧去吧！"没等孩子反应过来，她就钻进了出租车，直奔医院而去。她的精湛技术是属于手术台的，她良好的状态是属于医生的，她对手术有一种过分的执著，就像摄影师面对抓拍的镜头，不愿错失；就像画家，心里涌起了灵感，必须寻找画笔一挥而就；就像战争中的将军，正在沉着地向部将挥下他有力的大手，即将消灭大批的强敌……

有了手术刀，她就有了艺术的灵感。躺在那里的不是病人，是一株等待她雕琢的艺术品，她用心剔除的腐肉烂疮，就是多余的枯枝烂叶，在她手术过后，就会脱胎换骨，焕发生机。

她太爱自己这个职业了，爱得近乎疯狂。

那天，她无意中发现丈夫与一个年轻的女子勾肩搭背，还以为是他新收的徒弟呢？她却不知，那是她婚姻里致命的病毒。等到他向她摊牌，告诉她一切时，已经无可挽回。

说什么呢？是她不好？还是他不对？

在一场婚姻里，这样的争执有点苍白。他们都有自己的理由，也都有自己的坚持。她能抛下病人不管吗？他能任情感过度饥渴吗？

她是那么有名的外科医生，面对那么多的病患者，从未失手过，可是，当她自己的婚姻有病了，却无从下刀。治疗，也无希望，切割掉，又如何不心痛万分？

鲜艳的玫瑰总有荆棘相伴

单位里新进来一个年轻未婚女同事，人长得美，有品位，成了许多单身男青年的追求、进攻目标，我一向讷于言，虽然内心也很喜欢这个年轻的女同事，总是找不到机会。没多久，那些追逐着进攻的男同事都不再众星捧月般围着那个女同事了。

我有几次与她单独接触的机会，常常在很好的氛围里，要表达的话语就会被她莫名的话语打乱，或者说出的话语会让她狠狠地用语言“刺”一下，浪漫的心情变得郁闷起来。时间长了，她的美丽就成了可远观而不可近赏的风景了，我终于理解了那些男同事的先亲后疏的缘由了。

后来，我无意间同母亲谈起单位里的这个女同事，内心仍然止不住流露出对她的爱慕，母亲问我：“那为什么你不去主动一点接触她呢？”我告诉了母亲，她虽然优秀，也很美丽，可我无法接受她咄咄逼人模样。母亲笑了笑说：“鲜艳的玫瑰总有荆棘相伴，正因为她样样出色，她才会锋芒毕露，如果没有这些缺点，她就会与别的女孩子一样平常，如果你能试着接受她的这些缺点，你就会获得她的许多优点。”我觉得母亲的话也有道理，就尝试着继续同她交往，时间长了，我就感觉不到她的那些“刺”了，相反她那些优点却得以长足地显现出来。

如今，那个女同事就是我现在的妻子，我为母亲具有的远见而庆幸。妻子在保有一些小缺点的同时，那些优点无与伦比地显现出她是多么的与众不同，办事果断，有敏锐的预见能力，敢于承担后果，这让她得以瞬间抓住很多稍纵即逝的机会。鲜艳的玫瑰总有荆棘相伴，我现在既闻到玫瑰的芳香，又习惯了她的荆棘相伴，妻子成了我的得力助手。

另一件事让我更加明白了这个道理。一位朋友投资报业，成了一家报社的“控股”老总。在人事改革时，他大刀阔斧地进行人员岗位变动，在注重民意的同时，他更注重自己的感觉，把一些充满活力又有个性的年轻人充实进各个重要岗位。起初，很少有人明白他的安排，那些个性魅力十足的人，依仗自己有点实力，很难管理。但是，朋友的话让大家信服：要想嗅到玫瑰的芳香，就要习惯着忍受他们身上的荆棘。

果然，那帮活力四射的小伙子把原来僵硬的报社搞得生机勃勃，正因为他们得以充足地施展富有个性的方案，才让他们的才华得到发挥，如果捆绑住手脚，拔去他们身上的荆棘，也许会让他们的芳香消失。又怎么得以在广阔的范围里施展手脚？

是的，鲜艳的玫瑰总有荆棘相伴。

行走与掠过

著名作家迟子建在她的散文《戴妮与吉安拉》中，写了她遭遇到的截然不同的现象。1996年年底，作家收到一封来自德国汉堡大学的信，是一名叫戴妮的研究生写来的，要以迟子建的创作作为她硕士毕业论文的选题。戴妮认真地查阅了作家的作品，并找到一本本杂志进行认真地核对，然后打印出来一份作品目录表，寄给作家过目、校对。

戴妮的认真让迟子建感动。一名在德国学习的学生，做出来的作品目录非常详细，有的作品连作家自己都有些淡忘了，而研究它的人却从许多杂志里翻拣出来。戴妮因为喜欢迟子建的作品，她就亲自行走在那些作品的文字中间，细细地品味、研究作家的这些作品。

与此截然相反的，则是国内的一些大学生。作家虽然没有点名说出这些学生的名字，却列出了北大、中山大学的校名。这些学生也是以迟子建的作品为研究生的毕业论文选题，可是他们虽然身在国内，资料搜集起来要方便得多，但是却不愿麻烦自己，给作家写信去索要作品目录，以供研究之用。连作家的作品都不肯花费工夫细细阅读，却“聪明”地向作家讨要一份作品目录，浮光掠影地拼凑点文字，把文凭混到手就成。

即使是欣赏风景，如果仅仅是浮光掠影地一瞥而过，怕也是难窥全貌，得不到客观的印象，甭说是以此为题进行专业研究了！

记得我曾经从一片苹果园边经过，被眼前的景色所迷，内心升起一股亲近的欲望。当时来不及细察，第二天返回经过那片果园时，停下车漫步进了果园。竟比昨天见到的更美、更诱人。匆匆一掠而过时，仅见到那片果园里绿叶掩映下红色苹果的诱惑，当我与它们亲近时，那弥漫的果香味，成熟的颜色，顽皮地在枝头跳跃的动态，还有近距离的相互对视，以及密密地挂在枝头的果实，都让我拥有另一番滋味在心头。

也许，凡事亲力亲为，那是要花费许多时间与精力的，浮光掠影地匆匆一瞥也可以完成使命，但那短时间的叶公好龙式的行为又怎么能让真正的情感抵达心灵深处，从而给此次经历留有深深的印迹？向作家讨要一份作品目录，不要谈以此为题的研究了，这种行为连对作家的尊重都谈不上，更甭谈去尊重作品、研究作品了！也许，他们要的只是把论文敷衍成篇，并非对此选题有何独到的细究与深爱。

遥远的自行车

读初中时，学校在镇上，离家有十多里路，家贫，没有办法在学校寄宿读书，也不能拥有一辆自行车，哪怕是旧的也没有，只能步行从家去学校。为了及时赶到学校，每天需要提前一个多小时起床，草草地填饱肚子，就背上书包踏上行程，用脚步丈量这十多里路途的距离。我经常是边走路，边背诵课文，竟也不觉得苦，走到学校，需要背诵的课文也已熟记于心。

不过，每每看到有自行车骑的同学，还是感到羡慕。向父母提出要求，我张不开口，即使有勇气说，也没有实现的可能。我决定自己攒钱，那时候，所在的村庄，门前屋后有许多枸杞，秋后，枸杞的叶子落光，就有许多红红的果实在枝条上闪出诱人的光泽，利用假日的余隙，可以摘到很多枸杞。县城的中药公司大量收购枸杞，既可入药，又可泡茶，还可以加入饭里煮食，销路很大。那个秋季，我每每把作业草草写完，就溜出去摘枸杞，房前屋后的枸杞被我摘完了，就向远处延伸，田野、地头、河边、柴草地，我一个人在这些空旷的地方摘枸杞，由于这里摘的人少，那些枸杞又红又大又多，我贪婪地摘着，它们就是我未来的自行车啊！

河里有一个沙滩，被水流隔了开来，那里长了一些芦苇，远方那些红红的枸杞在枝头引诱着我。我望着流动的河水，清澈见底，用手试了试，刺骨的冷。我犹豫了片刻，还是慢慢地脱了鞋，褪去了袜子，挽起了裤脚，我决心涉水过去摘枸杞。有了心中向往的那辆自行车，水冷点有什么可怕的？我咬了咬牙，毅然下了水。那片沙滩真是块宝藏啊！那些红红的枸杞挂满了枝头，我抓紧时间摘着，篮子很快就满了。我又把外套脱了下来，把篮子里的枸杞倒在铺开的外套上，又摘了起来，等夕阳完全融入夜色时，我已把篮子又一次摘满了。

河对岸有一座废弃多年的旧砖窑，我早就算计好了。那座废窑一般人不敢去，由于废弃多年，里面住着各种动物，高处有鸟窝，墙上的空洞里有麻雀，靠近地面的洞里，住着黄鼠狼、野猫一类的动物。传得很凶的是，这里有着成精的狐狸，不要说孩子，大人也很少涉足这里。然而，为了我那辆梦中的自行车，我要大着胆子去，因为那里有许多红红的枸杞在枝头跳跃。虽然鼓足了勇气，可当我身临其境，还是有点怕，那里的寂静让我感到空虚，冷汗直冒。由于多年未有人迹，荒草长满了废窑的坡地，荆棘遍地，远处看到的那些枸杞就藏在其中，并不是我想象得那样好摘。我小心地猫着腰绕过荆棘，却猛地听到一阵尖叫，几乎把我吓得魂飞魄散，原来是有黄鼠狼蹿了出来，还有惊起的鸟飞过发出的尖叫，我定了定神，把心又收回胸膛。我摘了两篮子枸杞，让我不虚此行，吓出的冷汗也被这些果实冲走了。

经常摘枸杞，作业没有好好完成，成绩明显不如以前，老师找我谈了几回话，我一点都不担心，只要我买回自行车，好好地把心思用在学习上，成绩还是我最好。我去城北卖旧自行车的市场里打听过了，六成新的自行车，大概需要80多元钱，而我已攒够了76元，快了，我的自行车梦就要通过自己的努力完成了。想想我可以骑着自行车上学，并且是我自己摘枸杞买回来的，心里就美极了。

那天，我又利用星期日的时间，去一个更远的地方摘枸杞。等我回到家，却发现了异样，母亲躺在床上哼着，父亲急得直转悠。原来，母亲和父亲堆草垛时从高高的草垛上滑了下来，腰被跌着了，父亲向别人借钱，却四处借不到。这活儿本来应是我做的，母亲为了让我多摘点枸杞，就自己上草垛去了，她一直是不会做这个的。我默默地从床头的枕下取出我秋冬两个季节的积蓄，76元钱，交给父亲。父亲惊喜极了，这可以让母亲瞧上病了。晚上，父亲和母亲从县里的医院回来，花去72元钱，剩下的4元钱，父亲又给了我。我仿佛忽然间长大了，看着瘦弱的父亲，躺在病床上的母亲，我懂得了自己肩上的重任，我需要承担一份对于家庭的责任，我对父亲说：你给妈买点吃的东西吧！

想到同学们都在努力学习，我的成绩确实已拉下不少，我不能再去摘枸杞了。要是等到明年再摘两个季节的枸杞，我的初中时代就快完了。我就把心思收了起来，一心去学习了，而自行车最终也没有买成。整个初中时代，我都是步行着去学校的，那条十多里的路，我几乎可以踩着步点计算出时间与路程的长度。时至今日，我在梦里都会想到那辆六成新的自行车，在旧车行里有些寂寞地等待着我。

有多少理想随风而逝

1990年，我刚好17岁，和我差不多大的一群从农村出来的年轻人，带着欣喜和向往开始了另一种生活，成为一群在水面上四处漂泊的内河船员。这是一片新鲜的世界，工作虽然苦、虽然累，但是比起农村那种贫困而封闭的生活，还是有着一种新奇吸引着我们。

记得我们刚到船上实习时，都还带着一股学生气，与许多老船员有着明显的不同，我们爱学习，对新鲜的东西感到好奇，不像那些久经世面的老船员对一切熟视无睹的样子。船上生活单调，但是由于空闲时间多，我就有机会摆弄自己的爱好。当时我除了爱好读书写作外，还喜欢摄影、集邮，船在水面上航行，经常会看到许多美丽的瞬间，圆圆的落日泻在一望无际的水面上，染红了半边河水，不由使人想起“半江瑟瑟半江红”的诗句。水边矗立的山头，在那绝顶的峰上凌然开着一朵艳丽的花儿，与世无争地独自鲜艳着。轮船在江面上向远方驶去，渐渐地融入无垠的江水之中，只剩一点影子漂在江面之上，“孤帆远影碧空尽，唯见长江天际流。”这些千古传颂的名句与大自然有机的融合的美景悄然显于眼前，深切地打动了我敏感的心，可惜这些景色由于经济与工作的限制，并未能如愿全部留下来。很多时候，为了抓一个想要的镜头，要连续拍摄多张，但在当时有限的薪水实在承受不起。还有拍摄过的胶卷不能及时冲洗，这些都影响了我在摄影爱好上的发展。不过，后来我发现读书写作却不受任何条件限制，就把这个爱好保留了下来。

在我的影响下，一起分配上船的同事也都选择了一两个自己感兴趣的爱好作为理想去努力和追求。有的练起了书法，有的爱上了无线电，还有的习惯每天健身。记得当时船上为此专门成立了一个篮球队，每到泊港时候，他们一班篮球队员就会与岸上球队寻找机会比试一下。也许在我们那群年轻人的心中，每个人都会渴望自己将来会有出人头地的机会。因为我们船队的文娱活动、业余生活搞得有声有色，不仅在公司内部颇有名气，还在各个港口码头声名显赫。其中让我印象较深的一次，是我们船泊南通港口，卸货时，我负责船上计数，码头上有一个年轻的女孩子负责岸上计数，到时要两人数字交接正确才能双方签单。这位女孩子很严厉，她不但对计数要求严格，还要求船上不能有多与少的误差，否则一律视为船方责任。可是，当我看到她其时边计数边收听江苏文艺台的一套节目，凑巧的是那天这个时段播出了我的一篇散文，这让我们找到了话题。不久，我们就成了无话不谈的朋友。

自从结识这个南通女孩，让我对写作更增添了信心与期待，除了工作，书成了我最好的朋友。在此后的时间里，我经常收到她寄给我的信，讲她读到、听到我文章的感受，我也为有着这样一位热心的读者对我文章的关注而格外感动，写作热情高涨。而我身边的朋友已有很多人融入老船员的生活中去，学会了打牌、喝酒和侃大山，把原来曾有的理想就像用过的抹布，随手扔掉了。

后来，当我对自己的写作越来越有信心的时候，我内心萌发了一个大胆的冲动，把自己的爱好当成工作，用写作挣来自己想要的一切。我知道，这是一个冒险的举动，倘若我不能坚持下去，后果不堪设想。但是，当我心中有了这个想法后，内心总是蠢蠢欲动，折磨得我辗转难眠。

如今我已用行动证实我的想法并非冒险，而是让我感到满足和快乐，把兴趣与工作结合在一起，这是多么令人愉快的事啊！那天，我想到当时和我曾经一起漂泊的年轻朋友们，就想法联系他们，看看他们现在生活得可好？反馈回来的消息不由让我大失所望，他们还是多年以前的他们，只是青春已经逝去。

曾经的理想就像那些绽放的花朵，闪耀在青春的枝头，历经风霜、雨雪、烈日、干涸的摧残，多数都渐渐凋零了，能够结出果实的并不多。在时光的河流中，我们每个人都经历了太多，有多少人能把理想当做照耀生命的火把？用一生的力量去寻觅那份灵魂深处的光明和温暖。就像那些随风飘落的黄叶，那些曾经的理想就这样随风飘落而去，成为昨日温暖的记忆。

有些人，错过就不再

他和她在公司里的一个部门做事，那是一家外企，他们都是底层的员工。

他比她先到公司，她来时，他已经非常的熟悉各项流程。她做事情偶尔忙乱，他就会教她，有时也会帮她做，她就对他笑，似是感谢。

她不算漂亮，却让他怦然心动。她平常的相貌里，有一种清秀，散溢出迷人的芬芳。他边做事边与她说话，她的话很少，总是用笑来表达。他就有些摸不透她的内心。

有 天，他们一起下班，她买了冰激凌，递给他，让他觉得意外。也许，那算是感谢罢？那天，他们一起散着步，一问一答，也说了许多话。他心里有了盈盈的欢喜，他明白，她是喜欢他的，只是不太善于表达。

他想向她示好，又怕太直接会惊跑了她。便压抑着内心的躁动，等待一个合适的机会。

机会是很多的，却总是不怎么合适，觉得有点突兀。他想，总不能忽然地向她说："我喜欢你！"如果有一个合适的环境，或者适当的机会，水到渠成，她一定会笑意盈盈、羞涩地应下，即使不说话，那绽放的美丽笑容也会打动他的。

然而，生活太平淡了，想寻找这样的机会有点难。

情人节那天，他特意买了一束鲜花，准备在下班后献给她，并邀请她去就餐，选一家浪漫的餐厅，在那样的环境里，说出内心的话，会有非常好的效果。

看到她忙碌地做事，他仍然上前帮她，在内心里暗暗地想象着她听了他的表白后，会有什么样的感觉？

惊喜？羞涩？无动于衷，还是出乎意料？

他的丰富想象给结果带来了有趣的色彩，他在等待下班的时刻。

时间一点点地临近，她却忽然间失踪了。她有约会吗？为什么忽然间走了？

他觉得不太可能，来来往往，她一直是一个人的，他有直觉，她还没有男朋友。

后来，他了解到，她那天早早地离开，是母亲忽然病了，需要她赶回去照料。他买了礼品，前去看望。她的母亲不停地招呼他，让他觉得亲切。出门时，她下楼送他，一直送了很远。他想说，却又没说出口。在这样的节骨眼上，她需要照料母亲，他想，还是等等吧！

忽然有一天，公司安排她外出学习。两个月，是多么漫长啊！在她走后的一周，他忍不住给她打了电话，她问："有什么事吗？"

他本来想说："我有些想你。"

可是，觉得这样说不太合适，就临时改口说："你在那边学习还好吗？"

她说："学习还好，就是生活不太习惯。"

他想：两个月，熬过去就好了。

两个月过去了,她没有回来。她调到学习的那个城市去了。

就在他打电话的第二天,她下班回去的路上,被车擦碰了一下,住了院,身边有了一个照料她的人,那是个可爱的男孩,负责培训她的。在她住院的那些天里,不仅无微不至地照料她,还渐渐地喜欢上了她,并且勇敢地表白了,也许,她的内心里有过挣扎,却还是接受了。

他想:也许她没有喜欢过他,即使表白了,她也未必应下。他宽慰自己。

如果不是那天遇到她的母亲,他就一直这么安慰自己了,直到渐渐地将她淡忘。

她的母亲遇到他,说:她一直喜欢他,也经常在母亲面前讲他的种种,她一直在等他的那句表白。那天,他去看望她的母亲,她一直送了那么远,就是等他说一句话。他却为了寻找一个合适的氛围,把内心的话语藏匿得找不到合适的出口。

有些话,该说出口就要即时说,有些人,该去爱,要大胆去爱。就像飞驰的列车,相遇的那刻,听到一声呼唤,里面的人即刻就想跳下来牵手同行,从此不离不弃,若一旦错过,便从此天涯海角。

自己的春天

朋友晴是位聪明伶俐的女子，她喜欢文学多年，一直努力写作，虽然作品未能大红大紫，却也在众多刊物上不断地露脸，这些，肯定带给她许多快乐，从她与众文友聚会的开心中就可以看出。每每在众人夸奖晴时，她嘴里说着谦虚的话，脸上早已露出掩饰不住的笑。

写作是一件寂寞的事，需要耐得住孤独，还要能忍受清贫，晴却在此刻想到了放弃，因为她身边的许多姐妹活得比她更滋润，她们穿着名牌服装，开着锃亮、时尚的轿车，谈吐话语里多是阔气的用品，唯独晴有些落寞，此刻的她找不到一点自信，每月千余元的薪水，紧张得不敢买一支喜欢的化妆品，还不得不自嘲喜欢素面朝天，在名牌的服装前转来转去，就在内心等待什么时候打折再来买。好不容易打折了，不是颜色不对，就是合适的尺寸早已卖完了，看着衣架上孤零零剩下的几件衣服，怎么不郁闷？为什么别人可以尽情购买相中的衣服，而她只能拣最后的剩货？读大学时，她是骄傲的公主，只是进了围城后，才变成了如今的黄脸婆，怨只怨老公没有本事，自己也拿着可怜的薪水，除去每月的房贷，哪里还敢乱用分文？

闺蜜乔说："不要再写那些没用的风花雪月了，成不了畅销书作家有什么用？积攒了多年的作品，还是自己掏出省吃俭用的钱出了本书，买一个虚名。”晴细想想，确如乔所说的那样，即使自己整个人沉浸到文字中去，也未必能成为出人头地的作家，不如在另一条道上闯闯。

从此，文友圈里没有了晴的身影，她把更多的时间投入到商海，陪老板吃饭，与对手周旋，宴请客户喝茶，尽心尽力地侍候他们，就为了能打动对方的心，大方地签下单，或者让下几个点，多赚一笔。谁知，商海里的人，吃喝玩乐时，比谁都朋友，一到涉及利益时，分文必究，根本不像影视中出现的那么大方，挥挥手就扔下大把小费，弄不好还会厉言相斥，这商海哪是想象般轻松？

晴是好强的人，认准的事不服输，她比以往花费更多的心机在商海里，陪老板娱乐，和客户K歌，几乎能用的本领都用上了，还是打动不了客户的心。有一天，一位客户借着酒劲摸了她的手，她隐忍着没有发作，只是挪了挪身体，离他远些，想不到，客户根本没有理会，更加肆无忌惮。晴怒不可遏，飞起一个耳光，响亮地落在曾小心翼翼地侍候的客户脸上，想不到他一脸轻蔑地说：“逞什么能啊？你不把我侍候好了，甭指望我签单。”这让晴彻底死了在商海赚大钱的念头。

晴有时想不明白：为什么别人轻而易举可以做到的事，她却举步维艰？其实晴弄错了，她不是商海里的鱼，她不会在商海游刃有余地侍候好资本大佬，那钱就不会轻松地落到她名下。以她洁身自好的性格，在文字世界里努力，尽管不会大红大紫，却也能怡情养性，做个快乐的小女人，钱不多，也能节俭些生活下去，何必为难自己，去仰人鼻息？

每一个人都需要找到自己的春天，才会生根发芽，有机会茁壮成长。晴的春天是安静的、清纯的世界，她不会在污泥浊水里游动自如，又如何找到属于自己的生机？

联想高手

前天在报上读到一位先生的愤慨之言，文章说现在什么歌都能在大庭广众之下高声传唱，居然有女歌手唱什么“我要性生活，我爱性生活。没有性生活，让我怎么活？”这样的歌将带给听众什么样的感受，尤其是青少年听众。

看到这样的言论，我不禁哑言失笑。这位读者的观点或许是对的，可是他完全批评错了。人们都知道没有对事实的了解就没有发言权，可是这位读者在根本没有了解事实的情况下就作出了妄断，令人啼笑皆非。唱这首歌的女歌手的名字我记不住了，可是她的这首歌名是唱“我爱新生活”，而不是“我爱性生活”，只听歌也许会产生这样的误会，但是如果能够从头到尾细细地听一遍歌曲也许就不会产生这样的误会了，如果能找到歌词看一遍，就更不会闹出这样的笑话来。

还有更搞笑的事情是听朋友讲的。朋友在一家企业任中层干部，与一位女秘书同处一室。有一天，单位里需要加班，不知不觉间天黑了，女秘书起身时不小心把身边的插头碰掉了，屋里一片漆黑，这时朋友提醒她说，你试着摸一下，找到后轻轻插进去就行了。可这话偏偏被外面路过的同事听到了，于是编造出两人在晚间的绯闻来。其实在写字楼里，这种事常常会遇到，不小心把台灯的插头碰掉了，电脑上的插头松动了。只是听的人多了心，那种话味道就变了。

还有，一名小学的女教师在上课时，遇到“对称”一词。提问时，一个小学生回答说：“老师，您就是对称的。”女教师不由恼羞成怒，一把抓过那个小学生来，指着他大骂流氓。这个小学生也真冤枉，在孩子的眼里，漂亮的老师有着一双美丽的大眼睛，可爱的笑容，一切都是美而对称的。也许女教师恼羞成怒的原因，则是从美丽的外表想到了女性身体的隐私，才大骂孩子是流氓吧？倘若女教师心平气和地想想，孩子的话其实是对的，在教室这个场所，孩子面对的是老师，首先联想到的自然就是漂亮的老师，最少孩子不会和她的心思一样想到那么多。

许多年前，鲁迅先生就怒斥一些伪君子，说他们看到女性裸露的胳膊就会想到洁白的乳房，由乳房想到裸体，而后想到性交。真是厉害的联想高手，想不到这么多年来，这些人仍然存在着，并且在指手画脚地指导着我们去误解生活。在孩子的眼中，一切都是单纯、干净的，只是复杂的我们才会生出那么多的误解来，如果我们能够以纯净的心去生活，看到美丽而不是丑陋，至少不会产生出那么多令人啼笑皆非的误解来。

越走越远

从我们所住的楼下去，拐过小区的大门，对面就是一家规模不小的菜市场。妻曾经一度为买菜方便而向她的朋友推荐我们这里的房子，让他们也来此安居。

可是不久，妻就不再喜欢我们这里的菜市场了，如果有空，她总会喜欢去外面采购。即使时间紧张，她也会抽空去买来很多的菜先放在冰箱里，慢慢地吃。原来妻子不喜欢我们附近菜市场里的一切。明明想买牛肉，可是买回来的却是马肉、骆驼肉之类的假货，吃在嘴里涩涩的，好心情全被破坏了。买一条活蹦乱跳的鱼，杀了一看，肚里填进许多碎草、小虾之类的东西。那些看着很养眼的蔬菜，原来都是用了生长激素催熟的。在菜场里做事赚钱不是坏事，可是你不能为了赚钱而去弄虚作假害人啊！妻总是喋喋不休地对我说。

后来，妻宁愿骑车跑到郊区农民的菜地里买菜，那里的菜他们自己也吃，一切都是自然生长的，买了放心。如果知道乡下哪家宰猪杀羊的，妻就会买来一大片肉，放在冰箱里慢慢吃。这样的确放心了，可是人的胃口老是吃一样东西就会乏味。那羊肉吃一次很鲜美，再吃就会有羊腥味；成捆的蔬菜早已没了喜欢的食欲，待到做成菜端上桌来胃口早已淡了。

小贩们为了多赚点钱，挖空心思地想方设法作假。消费者为了吃到货真价实的放心产品，宁愿跑很远的路。本来离得很近的市场，一切货物齐全，应该很方便，可是为什么离我们想要的却越来越远呢？挖空心思的小贩把生意做得冷冷清清，我们舍近求远买回来的一切蔬菜、肉类，吃着是放心了，可是却没有了新鲜的感觉、可口的味道。

是什么让我们背离了原来希望的目标，越走越远了呢？